어제

HIER
by Agota Kristof

Hier
Agota Kristof

아고타 크리스토프 장편소설
용경식 옮김

문학동네

어제는 내내 무척 아름다웠다.
숲속의 음악,
내 머리칼 사이와
너의 내민 두 손 속의 바람,
그리고 태양이 있었기 때문에.

도망

어제도 바람이 불었다. 나는 그 바람을 잘 알고 있었다.

이른 봄이었다. 나는 다른 날 아침과 마찬가지로 그 바람을 맞으며 부지런히 걷고 있었다. 그렇지만 침대로 다시 기어들어가고 싶은 마음이 굴뚝같았다. 아무 생각도 욕망도 없이 꼼짝 않고 드러누워 있고 싶었다. 기억의 지평선 저 너머에서 가물거리는 아주 희미한 추억 외에는 아무런 소리도 냄새도 맛도 느낄 수 없는 그런 경지에 이를 때까지.

천천히, 문이 열리고 나의 늘어뜨린 손에 부드러운 비단결 같은 호랑이 꼬리가 섬뜩하게 느껴졌다.

―음악을 연주해보시오! 바이올린이든 피아노든. 피아노가 낫겠소. 연주하시오!

호랑이가 말했다.

—난 할 줄 몰라요. 난 평생 피아노를 쳐본 적이 없어요. 피아노를 가져본 적도 없는걸요.

내가 말했다.

—평생이라니? 이럴 수가! 창가로 가서 연주하시오!

내 창문 앞에는 숲이 있었다. 내가 연주하는 음악을 듣기 위해서 새들이 나뭇가지로 모여드는 것이 보였다. 나는 그 새들을 보았다. 새들은 작은 머리를 조아리고 눈을 똑바로 뜨고, 나를 통해서 무언가를 보고 있었다.

내 음악소리는 점점 격렬해졌다. 그것은 곧 더 참을 수 없을 정도로 커졌다.

죽은 새 한 마리가 나뭇가지에서 떨어졌다.

음악은 멈추고.

나는 고개를 돌렸다.

방 한가운데서 호랑이가 미소짓고 있었다.

—오늘은 이것으로 충분하오. 좀더 연습을 하시오.

그가 말했다.

—네, 꼭 연습하겠다고 약속하지요. 그렇지만 나는 지금 손님들을 기다리고 있어요. 아시겠지만, 제발…… 당신이 내 집에 이렇게 있는 것을 그들이 보면 이상하게 여길 거예요.

─당연하지.

그는 하품을 하며 말했다.

그는 아주 여유 있는 걸음걸이로 문을 향해 갔고 나는 그가 나가자마자 이중으로 문을 잠가버렸다.

─안녕.

그는 문밖에서 다시 한번 인사말을 던지고 사라졌다.

린은 공장 입구에서 벽에 기댄 채 나를 기다리고 있었다. 그녀가 너무 창백하고 슬퍼 보여서 나는 멈춰 서서 그녀에게 말을 건넬 생각이었다. 그러나 나는 그녀를 외면하고 지나쳐버렸다.

잠시 후 내가 기계를 작동시키고 나자, 그녀가 내 곁으로 다가와 말했다.

─참 이상해요. 나는 당신이 웃는 모습을 본 적이 없어요. 내가 당신을 알게 된 게 벌써 몇 년째인데…… 아직 단 한 번도 웃는 모습을 못 보았으니.

나는 그녀를 물끄러미 바라보다가 웃음을 터뜨렸다.

─당신은 차라리 웃지 않는 편이 낫겠어요.

그녀가 말했다.

그때 갑자기 나는 불길한 예감이 들어서 여전히 바람이 부는지 보려고 창밖을 내다보았다. 나뭇가지가 흔들리고 있었다.

고개를 돌렸을 때 린은 벌써 사라지고 없었다. 나는 그녀에게
말했다.

─린, 널 사랑해. 정말로 사랑해, 린. 하지만 나는 그런 생각을
할 시간이 없어. 생각해야 할 일들이 너무 많아. 예를 들면 이 바
람 같은 것 말이야. 나는 지금 밖으로 나가서 바람 속을 걸어야
해. 너와 함께는 안 돼, 린, 화내지 마. 바람 속을 걷는 일은 혼자
서만 할 수 있는 일이야. 왜냐하면 거기에는 호랑이와 피아노가
있고, 그 피아노 음악은 새들을 죽이기 때문이지. 그리고 바람만
이 두려움을 쫓아낼 수 있어. 나는 오래전부터 그 사실을 알고
있었어.

점심시간을 알리는 종소리가 들려왔다.

나는 복도를 따라 걸었다. 문은 열려 있었다.

그 문은 항상 열려 있었고, 나는 절대로 그 문을 통해서 나가
려 한 적이 없었다.

왜?

바람이 거리를 휩쓸고 지나갔다. 텅 빈 거리가 낯설어 보였다.
매일 아침 출근길에 보았던 그 거리가 아니었다.

한참 뒤, 나는 돌벤치에 앉아서 울었다.

오후에는 햇살이 따뜻했다. 하늘에는 조각구름들이 흘러가고

있었고 공기도 차지 않았다.

나는 작은 카페로 들어갔다. 배가 고팠다. 웨이터가 내 앞에 샌드위치 접시를 가져다놓았다.

나는 혼잣말을 했다.

―이제 공장으로 돌아가야 해. 돌아가야 한다고, 일을 그만둘 이유가 없잖아. 자, 이제 돌아가야지.

나는 또 울기 시작했다. 샌드위치는 어느새 다 먹어치웠다.

나는 빨리 돌아가려고 버스를 탔다. 벌써 오후 세시였다. 아직 두 시간 반을 더 일해야 했다.

하늘은 어느새 구름으로 뒤덮였다.

버스가 공장 앞을 지나칠 때 운전기사는 나를 힐끗 쳐다보았다. 한참을 더 가서 그는 내 어깨를 툭툭 쳤다.

―종점입니다.

내가 내린 곳은 공원 같은 곳이었다. 나무들이 있고 집도 몇 채 있고. 벌써 날은 저물었고, 나는 숲으로 갔다.

이제 진눈깨비까지 내렸다. 세찬 바람이 얼굴을 때렸다. 그러나 그것은 내가 알고 있는 그 바람이었다.

나는 걸었다. 산꼭대기를 향해, 점점 빠르게.

나는 눈을 감았다. 아무것도 보이지 않았다. 앞으로 나아갈 때마다 나무에 부딪혔다.

—물!

　위쪽에서 누군가가 소리쳤다.

　우스운 일이었다. 물은 사방에 있었다.

　그러나 나 역시 목이 말랐다. 나는 머리를 뒤로 젖히고, 두 팔을 벌리고 쓰러졌다. 나는 차가운 진흙구덩이에 머리를 처박고 꼼짝도 하지 않았다.

　마치 죽은 사람처럼.

　곧이어 나의 몸은 땅과 하나가 되었다.

물론 나는 죽지 않았다. 산책 나온 어떤 사람이 숲속 진흙구덩이에 누워 있는 나를 발견했다. 그는 구급차를 불렀고 나는 병원으로 실려갔다. 나는 몸이 젖기만 했을 뿐 동상에 걸리지도 않았다. 숲에서 하룻밤을 보냈을 뿐이었다.

나는 죽지 않았고 다만 급성폐렴에 걸렸다. 육 주일간 병원에 입원해야 했다. 폐렴이 완치되고 나서도, 자살을 기도했다는 이유로 정신과 치료를 받아야 했다.

나는 공장에 다시 가고 싶지 않았기 때문에 병원 생활에 만족했다. 병원에서는 보살핌을 받으며 편히 지낼 수 있고 잠도 잘 수 있어서 좋았다. 식사시간에는 여러 가지 메뉴 중에 선택할 수도 있었다. 그리고 휴게실에서 담배도 피울 수 있었다. 나는 의사와 면담할 때에도 담배를 피울 수 있었다.

—사람은 자신의 죽음에 대해서 글을 쓸 수 없어요.

정신과 의사가 내게 그렇게 말했다. 나는 의사의 의견에 동의했다. 물론 사람은 죽고 나서 글을 쓸 수는 없다. 그러나 나의 경우에는 무엇이든 쓸 수 있다. 그것이 불가능하든 진실이 아니든 간에.

대체로 나는 머릿속에서 글쓰는 것으로 만족한다. 그것은 무척 쉽다. 머릿속에서는 뭐든지 술술 잘 쓰인다. 그러나 글로 옮기려고 하면 그 생각들은 변형되고 왜곡되어버린다. 단어 때문이다.

나는 어디를 가든 항상 글을 쓴다. 버스정류장으로 걸어가면서도 쓰고, 버스 안에서도, 그리고 공장의 남자 탈의실에서도, 또 내 기계 앞에서도 글을 쓴다.

곤란한 것은 내가 써야 하는 것을 쓰지 못하고, 되는대로 아무거나 쓴다는 점이다. 아무도 이해 못 할, 심지어는 나 자신도 이해 못 할 글을 쓰는 게 문제다. 나는 하루 종일 내 머릿속에 썼던 글들을 저녁마다 종이에 옮겨적으면서 내가 왜 이런 글들을 쓰는지 스스로에게 묻는다. 누구를 위해서, 왜 쓰는가?

정신과 의사가 내게 물었다.

—린이 누굽니까?

—린은 가공인물일 뿐입니다. 그녀는 실존인물이 아닙니다.

—호랑이, 피아노, 새들은 또 뭡니까?

—악몽일 뿐입니다.

—이런 악몽들 때문에 죽으려 했나요?

—제가 자살을 기도했다면 저는 이미 죽었을 겁니다. 저는 다만 쉬고 싶었을 뿐입니다. 저는 이런 생활을 더는 계속할 수가 없었습니다. 공장과 그 밖의 모든 것, 린의 부재는 제게 절망을 의미합니다. 새벽 다섯시에 일어나서 걷고 뛰고 하면서 거리로 나와 버스를 타야 하고, 사십 분간 버스로 달려서, 공장 담장에 둘러싸여 있는 네번째 마을에 도착합니다. 회색 작업복을 되는 대로 걸치고 괘종시계 앞에 줄을 서서 출근부에 기록을 하고 각자의 기계 앞으로 달려가 기계를 작동시킵니다. 최대한 빠른 속도로 구멍을 뚫어야 합니다. 똑같은 부품에 똑같은 구멍을 찍고 또 찍고. 가능한 한 하루에 수만 개씩. 그 속도에 우리의 월급과 생계가 달려 있으니까요.

의사가 말했다.

—노동자가 다 그렇죠. 일을 가졌다는 것만도 다행으로 알아야 합니다. 실업자가 얼마나 많습니까. 그건 그렇고…… 린에 대해서 얘기합시다. 한 금발의 젊은 아가씨가 매일 당신을 찾아옵

니다. 그녀의 이름을 린이라고 하면 어떨까요?

—그녀는 린이 아니라, 욜란드입니다. 그녀는 린일 리가 없습니다. 제가 잘 압니다. 그녀는 욜란드입니다. 이름이 좀 우습지 않습니까? 그녀는 이름처럼 우스운 여자입니다. 염색한 금발머리를 틀어올려 머리꼭지에 붙이고, 손톱은 맹수의 발톱처럼 길러서 새빨간 매니큐어를 바르고, 굽 높이가 십 센티는 족히 되는 하이힐을 신고 다녀요. 욜란드는 키가 아주 작거든요. 그래서 십 센티가 넘는 높은 구두를 신고 머리를 그렇게 우습게 틀어올리고 다니는 겁니다.

의사가 웃었다.

—그런데 왜 그녀를 계속 만나지요?

—다른 여자가 없기 때문이지요. 다른 여자로 바꾸고 싶지도 않고요. 너무 바꾸다보니 이제 지쳤습니다. 욜란드면 어떻고 다른 여자면 어떻습니까? 다 마찬가지입니다. 저는 일주일에 한 번씩 그녀의 집에 갑니다. 그녀는 요리를 하고 나는 포도주를 가져갑니다. 우리 사이에 사랑 같은 건 없습니다.

의사가 말했다.

—당신 입장이야 그럴지도 모르죠. 하지만 그녀가 어떻게 생각하는지 알고 있습니까?

—거기에 대해서는 아무것도 모릅니다. 그녀의 감정에는 관

심 없습니다. 아무튼 린이 나타날 때까지는 그녀를 계속 만날 겁니다.

　—아직도 린이 올 것을 기대합니까?

　—물론입니다. 저는 그녀가 어딘가에 존재한다고 확신합니다. 저는 항상 제가 그녀를 만나기 위해 이 세상에 태어났다는 생각을 합니다. 그녀도 마찬가지일 겁니다. 그녀가 이 세상에 온 것은 저를 만나기 위해서입니다. 그녀의 이름은 린이고, 나의 아내이고, 내 사랑이고, 내 인생입니다. 저는 그녀를 한 번도 본 적이 없습니다.

　욜란드는 내가 양말을 사러 갔다가 만난 여자였다. 검은색, 회색, 하얀색 테니스 양말. 나는 테니스를 치지 않는다.

　욜란드를 처음 보았을 때 나는 그녀가 미인이라고 생각했다. 우아하기도 하고. 그녀는 양말을 보여주면서 고개를 약간 숙이고 미소짓고 있었는데, 몸짓이 마치 춤추는 것 같았다.

　나는 양말 값을 지불하면서 그녀에게 물었다.

　—밖에서 만나주시겠어요?

　그녀는 바보같이 웃었지만 나는 그런 어리석음에는 관심이 없었다. 내 관심사는 그녀의 몸뚱이뿐이었다.

　—건너편 카페에서 기다리세요. 다섯시에 가게 문을 닫거든요.

나는 포도주 한 병을 사가지고 건너편 카페로 가서 양말 꾸러미를 든 채 기다렸다.

욜란드가 도착했다. 우리는 커피를 한 잔 마시고 나서 곧바로 그녀의 집으로 갔다.

그녀는 요리솜씨가 좋았다.

아침에 잠에서 깨어난 욜란드를 보지 못한 사람은 그녀를 미인이라고 생각할 수도 있을 것이다.

그러나 아침에 보면 그녀는 너무나 보잘것없는 여자였다. 머리는 풀어져서 길게 늘어뜨리고 화장은 지워지고 눈가에는 달무리가 짙게 드리워져 있었다.

나는 그녀가 샤워실로 사라지는 것을 바라보았다. 다리가 빈약하고 허리도 엉덩이도 빈약했다.

그녀는 샤워하는 데 거의 한 시간이 걸렸다. 그녀가 샤워실에서 나올 때에는, 화장을 곱게 한 얼굴에 머리를 잘 빗어올리고 십 센티미터나 되는 높은 구두 위에 동그마니 올라선 신선하고 아름다운 욜란드로 변해 있었다. 그녀는 미소지었다. 바보처럼 웃고 있었다.

나는 보통 토요일 밤 늦게 집으로 돌아가지만 가끔은 일요일 아침까지 그녀의 집에서 보냈다. 그럴 경우에는 그녀와 아침식사를 같이 한다.

그녀는 집에서 이십 분 정도 걸어서 일요일에도 문을 여는 빵집으로 가서 크루아상을 사온다. 그리고 커피를 끓인다.

그녀와 함께 아침식사를 하고 나서 나는 집으로 돌아온다.

내가 나온 뒤에 그녀는 일요일 오후를 뭘 하며 지낼까? 나도 모른다. 그녀에게 그것을 물어본 적이 없다.

거짓말

내가 하는 거짓말 중에서 가장 재미있는 것은 몹시 고향으로 돌아가고 싶다는 말이다.

그 말을 들은 상대방은 측은하다는 표정으로 눈을 껌뻑였고, 위로의 말을 애써 찾으며 목소리를 가다듬었다. 그는 저녁 내내 감히 웃지 못했다. 내 거짓말의 효과는 대충 그 정도였다.

나는 집에 돌아와서 방마다 불을 켜고 거울 앞에 섰다. 거울에 비친 내 모습이 흐려져서 형체를 알아볼 수 없게 될 때까지 나는 거울을 바라보았다.

나는 몇 시간 동안 내 방 안을 거닐었다. 책들은 탁자와 선반들 위에 잠들어 있었다. 침대는 차가웠지만 깨끗했고, 자는 데는 아무 문제가 없었다.

새벽이 가까워졌고 맞은편 집들의 창문에는 아직 불이 켜지지 않았다.

나는 문이 잠겼는지 몇 번이나 확인하고 나서 잠을 청하기 위해 너를 생각하려고 애를 썼다. 그러나 너에 대한 추억은 나의 다른 기억들과 마찬가지로 곧 사라져버리는 잿빛 영상뿐이었다.

어느 겨울밤 내가 넘었던 시커먼 산들처럼, 어느 날 아침 잠에서 깼을 때 보았던 낡아빠진 농가의 방처럼, 십 년 전부터 일해 온 공장처럼, 너무 보아서 이제는 더 보고 싶지 않은 풍경처럼.

곧이어 더 생각해낼 것이 없어졌고, 남아 있는 것들은 생각조차 하기 싫은 추억뿐이었다. 나는 울적해져서 울고 싶었지만, 울 만한 이유가 없어서 울 수도 없었다.

의사가 내게 물었다.

ㅡ당신은 왜 당신이 기다리는 여인의 이름을 '린'이라고 지었습니까?

나는 대답했다.

ㅡ제 어머니 이름이 린나였는데 저는 어머니를 무척 사랑했었습니다. 어머니는 제가 열 살 때 돌아가셨습니다.

그가 말했다.

ㅡ당신의 어린 시절 얘기를 해주십시오.

예상하고 있던 바였다. 나의 어린 시절이라! 사람들은 모두 나의 어린 시절을 궁금해한다.

나는 이 어리석은 주문에서 용케 빠져나왔다. 그런 경우에 대비해서 어린 시절에 대한 이야기를 꾸며놓았다. 내 거짓말은 아주 그럴듯했다. 나는 이미 그 거짓말을 여러 번 써먹었다. 욜란드에게도 나의 몇 안 되는 친구들에게도 그리고 이웃에게도 그 이야기를 해주었다. 린에게도 나는 똑같은 이야기를 해줄 참이다.

나는 전쟁고아이다. 나의 부모는 폭격으로 죽었다. 가족 중 나만 혼자 살아남았다. 형제자매도 없다. 그 시절 많은 어린아이들이 그랬듯이, 나는 고아원에서 자랐다. 열두 살에 고아원을 도망쳐나와 국경을 넘었다. 이상 끝.

—그게 전부입니까?

—네, 전부입니다.

나는 그에게 진짜 어린 시절 이야기를 하지 않았다!

나는 별볼일 없는 작은 나라의 이름 없는 마을에서 태어났다.

어머니 에스테르는 동네의 거지였으며 창녀였다. 그녀는 밀가루나 옥수수, 우유 따위를 주는 농부와도 잠자리를 같이 했다. 그녀는 남의 집 밭이나 정원에서 과일과 야채를 가져오기도 했고, 때로는 농가의 뜰에서 놀고 있는 암탉이나 새끼 오리를 잡아오기도 했다.

농부들은 돼지를 잡을 때면 어머니 몫으로 허드렛고기와 내

장, 그 밖에 마을 사람들이 안 먹는 부위들을 남겨놓았다.

우리 모자에게는 무척 고마운 일이었다.

어머니는 도둑이며 거지이며 창녀였다.

종종 나는 집 앞에 앉아서 흙장난을 했는데, 흙으로 커다란 페니스나 여자의 엉덩이, 젖가슴 따위를 만들며 놀았다. 붉은 점토에다 어머니의 몸뚱이를 조각하기도 했는데, 그 몸뚱이에 구멍을 내기 위해 손가락을 찔러넣곤 했다. 입, 코, 눈, 귀, 성기, 항문, 배꼽.

어머니는 우리집이나 내 옷이나 신발과 마찬가지로 구멍투성이였다. 나는 진흙으로 그 구멍들을 메우고 발로 밟았다.

나는 앞마당에서 살았다.

배가 고프거나 졸리거나 추울 때만 집으로 들어갔다. 부엌에는 먹을 것이 있었다. 기름에 지진 감자, 구운 옥수수, 응고된 우유, 그리고 가끔은 빵도 있었다. 잠은 부엌 난로 옆 짚더미 위에서 잤다.

부엌의 열기가 방으로 퍼지도록 하기 위해서 대개는 방문을 열어놓았다. 그래서 나는 방에서 일어나는 일들을 낱낱이 보고 들을 수 있었다.

어머니는 저녁이면 부엌에 나와서 대야에 뒷물을 하고, 행주 끝으로 물기를 닦고 잠자리로 돌아갔다. 그녀는 나에게 말을 거는 적이 거의 없었고 키스를 해준 적도 없었다.

가장 놀라운 것은 내가 외둥이로 남아 있다는 점이었다. 내가 아직도 궁금하게 여기는 것은 어머니가 임신한 아이들을 어떻게 처리할 수 있었을까 하는 점과 왜 나를 '데리고' 살았을까 하는 점이다. 아마도 내가 그녀의 첫번째 '사고'였던 것 같다. 어머니와 나는 열일곱 살밖에 차이가 나지 않는다. 아마도 그 이후 어머니는 임신을 하지 않고 살아남는 방법을 터득했던 것 같다.

가끔, 그녀는 며칠씩 침대에 누워 지냈고, 그럴 때면 속옷들이 온통 피로 물들었던 것을 나는 기억한다.

물론, 그런 모든 일들을 걱정해본 적은 없었다. 나는 다른 아이들이 존재한다는 사실을 알지 못했었기 때문에, 행복한 어린 시절을 보냈다고 말할 수 있다.

나는 결코 마을에 가지 않았다. 우리는 집들이 밀집한 곳에서 멀리 떨어진 공동묘지 근처에서 살았다. 나는 앞뜰에서 흙장난 하기를 좋아했다. 대체로 날씨가 좋았지만, 나는 바람이 불거나 비가 오고 눈이 오는 날도 좋아했다. 비를 맞으면 머리카락이 이마에 달라붙고 목으로 눈으로 빗물이 새어들어오는 것이 좋았다. 바람은 젖은 머리를 말려주고 내 얼굴을 어루만져주었다. 구름 속에 숨은 괴물들이 내게 미지의 세계에 대해 이야기해주었다.

겨울은 지내기가 좀 힘들었다. 나는 눈송이를 무척 좋아하지만 밖에서 오래 놀 수는 없었다. 따뜻한 겨울옷이 없어서 금방 추워졌고 특히 발이 시려웠다.

다행히도 부엌은 항상 따뜻했다. 어머니는 쇠똥, 삭정이들, 그리고 불쏘시개가 될 만한 것들을 잘도 모아들였다. 그녀는 추위를 못 참았다.

이따금, 어머니를 찾아왔던 남자가 방을 나오다가 부엌에 들렀다. 그는 나를 한참 동안 물끄러미 바라보다가 내 머리를 쓰다듬어주고 이마에 키스를 해주면서 내 손을 자기 뺨에 대었다.

나는 그런 것을 별로 좋아하지 않았을 뿐 아니라 그를 두려워했기 때문에 몸을 떨었다. 그러나 그를 밀어낼 용기는 없었다.

그는 자주 왔다. 그는 농부가 아니었다.

나는 농부들을 무서워하지는 않았다. 다만 그들을 싫어했고, 경멸했으며, 그들도 나를 불쾌하게 여겼다.

그런데 그 남자, 내 머리를 쓰다듬어주던 남자를 학교에서 다시 만나게 되었다.

그 마을에는 학교가 하나뿐이었고, 그 선생님은 육학년까지 전 학년을 가르쳤다.

입학식 날, 어머니는 나를 씻기고 입히고 머리까지 직접 잘라주었다. 그리고 자기도 한껏 멋을 냈다. 그녀는 나를 데리고 학교에 갔다. 그녀는 아직 스물셋이었고 예뻤다. 마을에서 제일 미인이었지만 나는 어머니를 부끄럽게 생각했다.

그녀는 내게 말했다.

—무서워할 것 없어. 저 선생님은 친절하셔. 너도 이미 알잖니.

나는 교실로 들어가서 맨 앞줄에 앉았다. 교탁 바로 앞 자리였다. 나는 기다렸다. 내 옆에는 머리를 두 갈래로 땋은, 얼굴이 창백하고 예쁘고 날씬한 소녀가 앉아 있었다. 그녀는 나를 쳐다보더니 말했다.

—너, 우리 오빠 옷을 입고 있구나. 신발도. 근데 이름이 뭐니? 난 카롤린이야.

선생님이 들어왔고 나는 그를 단번에 알아보았다.

카롤린이 말했다.

—우리 아빠야. 저 뒤에 고학년들 틈에 우리 오빠도 있어. 내 남동생은 이제 겨우 세 살이야. 우리 아빠 이름은 상도르야. 아빠가 우릴 가르치실 거야. 네 아빠 이름은 뭐니? 뭐하시는 분이니? 아마 농부겠지. 여기에서는 우리 아빠 빼고는 모두 농부더라.

내가 말했다.

—난 아빠가 없어. 우리 아빠는 죽었어.

—아 저런! 안됐구나. 우리 아빠는 죽지 말았으면 좋겠다. 하지만 전쟁 때문에 곧 많은 사람들이 죽을 거래. 특히 남자들이.

내가 말했다.

—나는 전쟁이 일어난 것도 몰랐어. 하지만 네 말이 틀릴지도 몰라.

—난 거짓말쟁이가 아니야. 사람들은 매일 라디오에서 전쟁에 대한 소식을 듣고 있어.

—난 라디오가 없거든. 더군다나 라디오가 뭔지도 몰라.

—너무했다! 너 이름이 뭐지?

—토비아스. 토비아스 호르바츠.

그녀가 웃었다.

—토비아스, 참 우스운 이름이야. 우리 할아버지 이름도 토비아스인데 할아버진 늙었어. 그것말고 정식 이름은 없니?

—몰라. 토비아스가 정식 이름이야. 카롤린도 썩 예쁜 이름은 아니잖니?

—맞아. 나도 내 이름을 별로 좋아하지 않아. 린이라고 불러줘. 모두 그렇게 부르거든.

선생님이 말했다.

—자, 여러분, 잡담 그만하고 여기 보세요.

린이 또 속삭였다.

—넌 몇 학년이야?

—일학년.

—나두.

선생님은 우리가 사야 할 책과 학용품 목록을 나눠주었다.

아이들은 집으로 돌아갔다. 나는 교실에 혼자 남았다. 선생님이 내게 물었다.

—무슨 문제 있니, 토비아스?

—네, 우리 엄마는 글을 읽을 줄 몰라요. 돈도 없구요.

—알고 있다. 걱정 마라. 내일 아침에는 네게 필요한 것들을 모두 갖게 될 거다. 맘놓고 집으로 돌아가거라. 내가 오늘 저녁에 너희 집으로 갈 테니.

그가 왔다. 그는 어머니와 함께 방문을 걸어잠근 채 방안에 있었다. 그는 어머니와 함께 잘 때 방문을 잠그는 유일한 사람이었다.

나는 평소처럼 부엌에서 잠이 들었다.

다음날 아침 학교에 가보니 내 자리에 내게 필요한 물건들이 전부 있었다. 책, 공책, 연필, 펜, 지우개, 종이.

그날, 선생님은 린과 내가 잡담을 너무 많이 하기 때문에 둘이 나란히 앉으면 안 되겠다고 말했다. 그는 린을 교실 한복판의 다른 여학생들로 둘러싸인 자리로 옮겨앉았고, 린의 수다는 더 심해졌다. 나는 교탁 바로 앞에 혼자 앉았다.

쉬는 시간에 '큰' 아이들이 나를 놀리려 했다. 그들은 소리질렀다.

—토비아스는 갈보 아들이래요, 에스테르의 아들이래요!

선생님이 큰 소리로 끼어들었다.

—어린 동생을 가만두지 못하겠어! 그애를 건드리는 녀석은 혼날 줄 알아!

그들은 모두 머리를 긁적이며 물러났다.

쉬는 시간마다 린은 혼자 내게로 왔다. 그녀는 집에서 가져온 버터 바른 빵이나 비스킷을 나와 반씩 나눠먹었다. 그녀가 말했다.

—우리 부모님이 네가 가난하고 아빠도 없으니까 너에게 친절하게 대해줘야 한다고 말씀하셨어.

나는 사실 그녀가 주는 빵과 비스킷을 거절하고 싶었지만 배가 고파서 그럴 수가 없었다. 집에는 그렇게 맛있는 음식이 없었다.

나는 계속 학교에 다녔다. 읽기도 배우고 셈도 배웠다.

선생님은 여전히 우리집에 왔다. 그는 내게 책들을 사주었다.

이따금 그의 큰아들이 작아서 못 입게 된 옷이나 신발도 가져다 주었다. 나는 그런 것들을 린이 알아보기 때문에 입고 싶지 않았지만 어머니는 나에게 그것을 억지로 입혔다.

―이것마저 없으면 너는 벌거벗어야 해. 학교에 벌거벗고 가고 싶어?

벌거숭이로 학교에 가기는 싫었다. 뿐만 아니라 학교에 가는 것 자체가 싫었다. 그러나 의무적으로 가야만 했다. 내가 학교에 가지 않으면 경찰이 온다고 했다. 어머니가 그렇게 말해주었다. 나를 학교에 보내지 않으면 자기를 잡아 가둘 것이라고도 했다.

그래서 나는 학교에 다녔다. 육 년 동안 학교에 다녔다.

린이 내게 말했다.

―우리 아빠는 네게 무척 친절하시더라. 오빠한테 작은 옷들은 뒀다가 동생을 줄 수도 있을 텐데 아빠는 모두 네게 갖다주시거든. 아마 네게 아빠가 없기 때문에 그러나봐. 엄마도 아빠하고 같은 생각이야. 엄마 역시 아주 좋은 분이거든. 가난한 사람을 도와줘야 한다고 생각하시니까.

마을에는 친절한 사람들이 많기도 했다. 농부들이나 농부의 아들들이 계속해서 우리집에 먹을 것을 가져다주러 왔다.

열두 살 때, 나는 아주 우수한 성적으로 의무교육을 마쳤다.

상도르는 어머니에게 말했다.

―토비아스는 공부를 계속 시켜야 해. 그애는 보통 애가 아니야.

어머니는 대답했다.

―당신도 잘 알잖아요, 그애를 공부시킬 돈이 없어요.

상도르가 말했다.

―내가 무료 기숙학교를 알아볼 수 있어. 내 큰아들은 이미 거기에 다니고 있어. 거기에서는 먹여주고 재워준다고. 돈 들 일이 없어. 용돈 정도야 내가 대줄 수도 있고. 그애는 장차 변호사나 의사가 될 수 있어.

어머니가 말했다.

―토비아스가 가버리면 나 혼자 남아요. 그애를 일단 키워놓으면 돈을 벌어다줄 거라고 생각했어요. 다른 사람 농가에서 일을 해서 말이죠.

상도르가 말했다.

―내 아들을 농부로 만들 생각은 없어. 더군다나 머슴이나 너같은 거지로 만들 수는 없어.

어머니가 말했다.

―내가 그 아이를 기른 것은 내 노년을 위해서였어요. 그런데 당신은 이제 내가 늙기 시작하니까 아이를 빼앗아가려고 하

는군요.

—나는 당신이 나를 사랑하고 또 아이를 사랑해서 데리고 있는 줄로 알았어.

—그래요. 난 당신을 사랑했고 지금도 사랑해요. 그러나 나에게는 토비아스가 필요해요. 그애 없이는 살 수 없어요. 지금 내가 사랑하는 것은 바로 그 아이예요.

상도르가 말했다.

—그애를 정말로 사랑한다면 어딘가로 사라져줘. 너 같은 엄마와 함께 있는 한 그 아이는 아무것도 될 수 없어. 너는 그 아이의 평생 짐이 될 뿐이고 수치일 뿐이야. 도시로 가버려. 여비는 내가 마련해주지. 너는 아직 젊어. 아직 스무 살 처녀라고 속일 수도 있어. 여기서 냄새나는 가난뱅이 농부들하고 지내는 것보다 돈도 열 배는 더 잘 벌 수 있을 거야. 토비아스는 내가 맡겠어.

어머니는 말했다.

—내가 여기 머물고 있는 것은 바로 당신 때문이고 또 토비아스 때문이에요. 나는 그 아이가 아빠 곁에 있도록 하고 싶었어요.

—그 아이가 정말로 내 아들이라고 확신하는 거야?

—그건 당신이 더 잘 아시잖아요. 나는 숫처녀였어요. 겨우 열

여섯이었다구요. 잘 기억해보세요.

─내가 아는 것은 몇 년 전부터 온 마을 남자들이 모두 너를 거쳐갔다는 사실뿐이야.

그녀가 말했다.

─사실이에요. 그러나 그렇게 하지 않고는 먹고살 수가 없었어요.

─내가 도와줬잖아.

─그래요. 낡은 옷가지와 신발을 갖다줬죠. 하지만 먹을 것도 필요했어요.

─시골 학교 선생인 내가 네게 할 수 있는 것은 다 했어. 더구나 내게도 세 아이가 있어.

어머니는 물었다.

─이제 나를 사랑하지 않죠?

그 남자가 대답했다.

─나는 너를 사랑해본 적이 없어. 나는 네 얼굴과 눈과 입과 몸뚱이에 홀렸던 거야. 너 때문에 잠시 눈이 멀었을 뿐이야. 하지만 토비아스는 사랑해. 그 아이는 내 거야. 내가 그 아이를 맡겠어. 하지만 너는 사라져줘야겠어. 너와 나는 이걸로 끝장이야. 나는 내 아내와 내 아이들을 사랑해. 비록 네 몸에서 나왔지만 난 그 아이를 사랑해. 이제 더는 너를 참을 수가 없어. 너는 내 젊

은 시절의 실수일 뿐 아니라, 내 생애 최대의 오점이야.

평소처럼 나는 부엌에 혼자 있었다. 방에서 내가 듣기 싫어
하는 소리가 들려왔다. 아무튼 그들은 여전히 그 짓을 하고 있
었다.

나는 그 소리를 들었다. 나는 짚더미 위에서 이불을 덮고도 몸
을 떨었다. 부엌이 통째로 나와 함께 떨렸다. 팔다리와 배를 따
뜻하게 할 것들을 더듬어 찾았지만 아무것도 없었다. 나는 터져
나오려는 울음을 참느라고 이를 악물었다. 나는 짚더미 위에서
이불을 덮고서 상도르가 나의 아버지이며, 그가 지금 나와 엄마
를 떼어놓으려 한다는 사실을 깨달았다.

이가 딱딱 마주쳤다.

추웠다.

이제 와서 나의 아빠임을 주장하면서, 자기가 나의 엄마를 버
림과 동시에 나에게도 엄마를 버리라고 요구하고 있는 그 남자
에 대한 증오심이 나의 몸 깊은 곳에서 끓어올랐다.

가슴이 뻥 뚫린 기분이었다. 나는 지겨웠고 이제 아무것도 원
하지 않았다. 공부하는 것도, 매일 엄마와 자러 오는 농부들 집
에 가서 일하는 것도 다 싫었다.

내 소원은 단 한 가지. 이곳을 떠나서 정처 없이 떠돌다가 죽

는 것. 멀리 떠나서 영원히 돌아오지 않고 싶었다. 숲속에서 구름 속에서 녹아 없어져서 더는 아무것도 기억하지 않을 수 있기를 바랐다.

나는 서랍에서 제일 큰, 고기 써는 칼을 꺼내 방으로 들어갔다. 그들은 자고 있었다. 그가 그녀 위에 포개진 채였다. 달 밝은 밤이었다. 보름달이었다.

나는 칼을 그 남자의 등짝에 찔러넣었다. 칼이 그의 몸뚱이를 통과해서 엄마의 몸뚱이까지 찌를 수 있기를 바라며 죽을힘을 다해서 찔렀다.

그러고 나서 나는 떠났다.

옥수수밭과 밀밭을 걸었고 숲속을 떠돌아다녔다. 나는 해가 지는 쪽으로 갔다. 서쪽으로 가면 우리나라와는 다른 나라들이 있다는 것을 알고 있었기 때문이다.

나는 구걸을 하거나 밭에서 과일과 야채를 훔쳐먹으면서 마을들을 지나갔다. 화물열차에 숨어타기도 하고 트럭을 얻어타기도 했다.

어느새 다른 나라의 대도시에 이르렀다. 나는 살아가는 데 필요한 것은 뭐든지 구걸과 도둑질로 해결했다. 잠은 거리에서 잤다.

어느 날, 나는 경찰에 잡혀서 소년원에 수감되었다. 거기에는 청소년범죄자, 고아, 나같이 연고가 없는 사람들이 있었다.

내 이름은 이제 토비아스 호르바츠가 아니었다. 나는 아빠와 엄마의 이름을 따서 새 이름을 지었다. 이제 내 이름은 샨도르 레스테르였고, 나는 전쟁고아로 행세했다.

거기에서 나는 무수히 많은 질문에 답해야 했다. 그들은 여러 나라에 수소문을 해서 혹시라도 나의 부모가 살아 있는지 확인하려 했지만, 아무도 샨도르 레스테르를 찾지 않았다.

우리는 기숙사에서 잘 먹고 깨끗이 씻고 교육까지 받았다. 사감은 우아한 미인인데 매우 엄격했다. 그녀는 우리가 교양 있는 사람이 되기를 원했다.

열여섯 살이 되자 나는 그곳을 떠나 직업을 가질 수 있었다. 기술자가 되고자 했다면 기숙사에 계속 남아 있어야 했지만, 나는 그 사감이 지겨웠고 자유롭지 못한 생활도 싫었다. 한방에서 여럿이 자야 하는 일도 더는 참을 수가 없었다.

나는 완전히 자유로워지기 위해서 가능한 한 빨리 많은 돈을 벌고 싶었다.

그래서 나는 공장노동자가 되었다.

어제, 병원에서, 이제 그만 집으로 돌아가 일을 다시 시작해도 좋다는 통지를 받았다. 나는 집으로 돌아와서 그들이 준 빨간색, 하얀색, 파란색 알약들을 변기에 버렸다.

다행히 어제는 금요일이었기 때문에 일을 다시 시작하기 전에 이틀을 더 쉴 수 있었다. 그래서 장을 보고 냉장고를 채워넣었다.

토요일 저녁, 나는 욜란드의 집에 갔다. 그러고 나서 집에 돌아와 맥주를 여러 병 마시면서 글을 썼다.

나는 생각한다

이제 나에게는 희망이라곤 거의 없다. 전에는 그것을 찾아서 끊임없이 이동했다. 나는 무언가를 기다리고 있었다. 무엇을? 나도 몰랐다. 그러나 인생은 있는 그대로의 것, 어쩌면 아무것도 아니라는 생각이 들었다. 그럼에도 인생은 무언가 의미 있는 것이어야 했고 나는 그 무엇인가를 기다리고 찾아다녔다.

나는 이제 기다릴 것이 아무것도 없다고 생각하기 때문에 방 안에서 의자에 앉아 아무것도 하지 않는다.

바깥세상에는 그럴듯한 어떤 인생이 있을 것 같다. 하지만 내 인생에서는 아무 일도 일어나지 않고 있다.

다른 사람들의 인생에서는 무언가 별볼일이 있을 수도 있겠지만 이제 나는 그런 일에 관심 없다.

나는 내 집 의자에 앉아 있을 뿐이다. 나는 꿈이 거의 없다. 내가 무엇을 꿈꿀 수 있겠는가? 나는 그냥 거기에 앉아 있을 뿐이다. 잘 지낸다고 말할 수는 없다. 내가 거기에 남아 있는 것은 나의 행복을 위한 것이 아니다.

거기에 앉아 있는 일 외에 더 나은 할 일을 찾지 못했기 때문에 그냥 앉아 있는 것이지만 언젠가는 일어나지 않을 수 없다. 몇 시간씩 또는 며칠씩 아무것도 하지 않고 한자리에 앉아 있는 것은 고통스러운 일이기 때문이다. 그러나 내가 무언가를 하기 위해 일어난다고 말할 수 있는 아무런 명분도 찾을 수 없다. 할 수 있는 일거리를 도무지 찾을 수가 없다.

물론, 주변 정리를 하거나 청소를 좀 해볼 수도 있다. 그러나 차라리 더럽고 무질서하게 사는 편이 낫다.

나는 창문이라도 열기 위해 일어나야 했다. 담배연기, 썩은 냄새, 곰팡내를 없애기 위해서.

그런 냄새 때문에 불편할 것은 없다. 아니, 약간 불쾌하긴 하더라도 그것을 위해 자리에서 일어나야 할 정도로 심한 것은 아니다. 나는 이런 냄새에 익숙해져서 사실은 냄새가 나는지도 모르고 지낸다. 다만, 내가 걱정하는 것은 혹시 누구라도 갑자기 들이닥친다면 어쩌나 하는 것뿐……

그러나 그 '누구'는 존재하지 않는다.

아무도 들어오지 않는다.

아무튼 나는 무언가를 하기 위해서 탁자 위에 놓여 있던 신문을 읽기 시작했다. 그것은 오래전부터, 그러니까 내가 그것을 사다 그 자리에 놓은 이후 줄곧 거기에 놓여 있었다. 물론 나는 신문을 집어드는 수고를 할 필요가 없었다. 거기, 테이블에 놓아둔 채 멀리서 그것을 읽었는데, 아무것도 머리에 들어오지 않았다. 그래서 헛수고를 그만두었다.

아무튼 나는 어떤 페이지에 한 젊은 남자의, 아니 그렇게 젊지도 않은 나를 꼭 닮은 한 남자의 사진이 나왔다는 것을 알았다. 그 남자는 둥근 욕조 안에서 바로 그 신문을 읽고 있다. 그는 아주 느긋한 표정으로 광고와 주가동향을 바라보고 있다. 욕조 가장자리에는 손만 뻗치면 닿을 거리에 유명상표의 위스키가 한 병 놓여 있다. 그는 미남이고, 생동감 넘치고, 지적이고, 뭐든 잘 아는 표정이다.

이런 이미지를 생각하자 구역질이 나서 일어나지 않을 수 없었다. 나는 부엌 벽에 엉성하게 매달려 있는 세면대로 토하러 갔다. 유감스럽게도 내 몸속에서 나온 물질들이 세면대를 막아버렸다.

나는 지난 이십사 시간 동안 내가 먹을 수 있었던 음식량의 두 배는 되어 보이는 구토물을 보고 놀랐다. 그 역겨운 물질들을 보자 다시 구토증이 일어서 황급히 부엌을 빠져나왔다.

나는 그 영상을 지워버리려고 거리로 나섰다. 다른 사람들 속에 묻혀서 산책할 생각이었는데, 거리에는 몇몇 사람과 상점 외에는 아무것도 없었다.

막혀 있는 세면대를 생각하면 집에 돌아가고 싶지 않았다. 그렇다고 더 걷고 싶은 것도 아니었다. 나는 큰 상점 앞에 멈춰 서서 가게에 들어가고 나가는 사람들을 구경했다. 밖으로 나오려는 사람들은 그대로 안에 머물러 있고, 안으로 들어가려는 사람들은 밖에 머물러 있으면 덜 피곤하고 경제적일 거라는 생각을 했다.

나는 그렇게 충고하고 싶었지만 그들은 내 말에 귀를 기울이지 않을 것 같았다. 그래서 입구에서 말없이 꼼짝 않고 서 있었다. 끊임없이 열리고 닫히는 문틈으로 상점 안의 열기가 빠져나와서 그곳에 서 있으면 하나도 춥지 않았다. 마치 방안에 있는 것 같았다.

오늘부터 나는 다시 따분한 일과를 시작했다. 새벽 다섯시에 일어나서 세수하고 면도하고 커피를 끓여 마시고 프랭시팔 광장까지 달려가서 버스에 올라 눈을 감고 앉으면 삶에 대한 온갖 혐오가 얼굴에 떠오른다.

버스는 다섯 번 멈춘다. 도시의 끝에서 한 번, 그리고 우리가 거쳐가는 마을마다 한 번씩 선다. 네번째 마을에 내가 십 년 전부터 일해온 공장이 있다.

시계공장.

나는 자는 척하고 두 손으로 얼굴을 감싸고 있었지만 사실은 눈물을 감추기 위해서였다. 나는 울고 있었다. 이제 더이상 잿빛 작업복을 입고 싶지 않고, 출근부에 도장 찍기가 싫고, 기계를 작동시키고 싶지도 않았다. 더는 일하고 싶지 않았다.

나는 잿빛 작업복을 걸치고 출근부 도장을 찍고 작업장으로 들어갔다.

기계들이 돌아가고 있었다. 내 것도 역시.

기계 앞에 앉아서 부품들을 집어넣고 페달을 밟기만 하면 된다.

그 거대한 시계공장 건물은 계곡을 굽어보는 위치에 있었다. 거기에서 일하는 노동자들은 나처럼 시내에서 오는 몇 명을 제외하고는 모두 같은 마을에 살고 있었다. 시내에 사는 사람은 몇 명 되지 않기 때문에 버스는 거의 텅 비어 있었다.

그 공장에서는 부품만 만든다. 시계의 초벌 형태만 만들어서 다른 공장에 납품한다. 우리는 아무도 완성된 시계를 만들지 못한다.

내가 하는 일은 십 년 전부터 변함없이 똑같은 조각에 똑같은 구멍을 뚫는 것이다. 우리의 작업은 대개가 비슷하다. 기계 안에 한 가지 부품을 넣고 페달을 밟아서 구멍을 뚫는 일이다.

이 일을 해서 우리는 먹을 것과 잠잘 곳을 마련하고, 특히 다음날 다시 일터로 돌아올 수 있을 만큼 돈을 번다.

날이 밝든 어둡든, 작업장에는 항상 네온등이 켜져 있다. 달콤한 음악이 확성기를 통해 흘러나온다. 공장장은 아마도 노동자들이 이런 음악을 들으면 일을 더 잘할 것이라고 생각하는 모양이다.

우리 작업장에는 '흰가루'를 봉지로 팔거나, 마을 약사가 우리를 위해 준비해둔 진정제를 가져다 파는 친구가 하나 있다. 그도 물론 같은 공장 노동자이다. 나는 그게 무언지는 잘 모르지만 가끔 산다. 그 가루를 먹으면 하루가 무척 빨리 지나가고 덜 불행한 듯 여겨진다. 비싸지 않기 때문에, 공원들 대부분이 그 가루를 사먹는다. 공장장은 그것을 묵인해주며, 마을 약사는 덕분에 돈을 꽤 많이 벌어들이고 있다.

가끔 발작이 일어나기도 한다. 한 여인이 일어서서 부르짖었다.

—더는 못 참겠다!

그녀는 누군가에 의해 끌려나갔고 작업은 계속되었다.

—아무것도 아닙니다. 신경이 예민해진 모양입니다.

누군가가 우리에게 말했다.

작업장에서는 각 기계 앞에 한 사람씩 앉아 있다. 우리가 이야기를 나눌 수 있는 곳은 화장실뿐인데, 거기에서도 오래 머뭇거릴 수는 없다. 자리를 비운 시간이 체크되어 기록되기 때문이다.

저녁에 공장을 나서면 장을 보고 저녁 먹을 시간밖에 없다. 다음날 아침 일찍 일어나 공장에 나오려면 일찍 잠자리에 들어야 하기 때문이다. 나는 가끔 내가 일을 하기 위해 사는 것인지 살기 위해 일을 하는 것인지 자문한다.

어떤 인생인가?

따분한 작업.

형편없는 월급.

고독.

욜란드.

욜란드 같은 여자는 세상에 무수히 많다.

예쁘고 금발이며 약간 멍청한 여자들.

그중 하나를 선택해서 잠을 잔다.

그러나 욜란드 같은 여자는 고독을 해결해주지 못한다.

욜란드 같은 여자가 자발적으로 공장에서 일하는 경우는 별로 없다. 그들은 보수는 좀 적더라도 공장에서보다 상점에서 일하는 것을 더 좋아한다. 상점이 훨씬 더 깨끗하고, 신랑감을 만나기도 쉽기 때문이다.

공장에서는 특히 가정주부들이 많이 일한다. 그들은 열한시에 점심준비를 하러 집으로 달려간다. 감독은 그들이 시간수당을 받고 일하기 때문에 집에 갔다오는 것을 허락한다. 한시에 그들은 우리처럼 공장으로 되돌아온다. 아이들과 남편들도 식사를 하고 나서 다시 학교나 공장으로 되돌아간다.

각자 공장의 휴게실에서 먹는 것이 더 간편하겠지만, 가족이 모두 그렇게 하기에는 비용이 너무 많이 들 것이다. 나는 그렇게 한다. 매일 그날의 특별요리를 주문한다. 그것이 값이 덜 비싸기 때문이다. 맛은 별로 없지만 그런 것에 개의치 않는다.

식사 후에는 집에서 가져온 책을 읽거나 체스를 한다. 혼자서. 다른 노동자들은 카드놀이를 하느라고 나에게는 신경도 쓰지 않는다.

십 년이 지났지만, 나는 여전히 그들에게 이방인이다.

어제, 내 우편함에서 통지서를 하나 발견했다. 우체국으로 등기우편을 찾으러 가야 했다. 통지서에는 이렇게 쓰여 있었다. "시청, 경범죄 재판소."

겁이 났다. 나는 멀리, 아주 멀리, 바다 건너로 도망치고 싶었다. 그렇게 오랜 세월이 지났는데도 그들이 나의 살인죄를 밝혀낼 수 있었을까?

우체국으로 편지를 찾으러 갔다. 그리고 편지를 뜯었다. 나는 어떤 재판을 위한 통역자로 소환되었다. 그 재판의 피고는 나의 조국에서 망명한 사람이었다. 나에게 통역비가 지불될 것이고 공장에 결근할 정당한 사유가 될 것이다.

지정된 시간에, 나는 재판소로 갔다. 나를 맞이한 여인은 대단한 미인이었다. 너무 아름다워서 그녀를 린이라고 부르고 싶었다. 그러나 그녀는 무척 쌀쌀맞았다. 그녀에게 접근하는 것은 불가능해 보였다.

그녀가 내게 물었다.

─재판에서 통역할 수 있을 만큼 모국어를 잊지 않고 있습니까?

나는 그녀에게 대답했다.

─나는 모국어를 조금도 잊지 않았습니다.

그녀가 말했다.

─선서를 하고, 당신이 듣는 대로 한마디 한마디 정확히 통역할 것을 맹세해야 합니다.

─맹세합니다.

그녀는 내게 어떤 서류에 서명케 했다.

나는 그녀에게 물었다.

─한잔하실까요?

그녀가 말했다.

─아뇨, 저는 지금 피곤해요. 우리집으로 가죠. 저는 에브라고 해요.

나는 그녀의 차에 함께 탔다. 그녀는 차를 빨리 몰았다. 그리고 어떤 빌라 앞에 멈췄다. 우리는 현대식 부엌으로 들어갔다. 그녀의 집은 뭐든지 신식이었다. 그녀는 두 잔의 술을 가져와서 나와 함께 거실의 긴 소파에 앉았다.

그녀는 잔을 내려놓고 내 입술에 키스했다. 그녀는 천천히 옷을 벗었다.

그녀는 아름다웠다. 내가 지금까지 만났던 여자들 중 가장 아름다웠다.

그러나 그녀는 린이 아니었다. 결코 린이 될 수 없었다. 아무도 린이 될 수는 없다.

이반의 재판에는 한 떼의 동포들이 몰려왔다. 그의 부인도 출석했다.

이반은 지난해 십일월에 이곳에 왔다. 그는 방 두 칸짜리 작은 아파트를 구해서 아내와 세 자녀와 함께 비좁게 살아왔다.

그의 아내는 아파트 주인의 보증으로 파출부로 취직해서, 저녁마다 사무실 청소를 해왔다.

몇 달 후 이반도 일자리를 구했는데, 다른 도시에 있는 큰 식당 종업원 자리였다. 그는 모두를 만족시킬 만큼 열심히 일했다.

다만, 일주일에 한 번씩, 그는 가족에게 소포를 보냈다. 소포에는 식당 창고에서 훔친 음식들이 들어 있었다. 그는 금고에도 손을 댔다고 고소를 당했지만, 그것은 부인했다. 그러나 증거가 없었다.

그날 재판에서는 자질구레한 좀도둑질만 문제가 된 것이 아니었다. 이반의 재판은 무척 심각했다. 마을의 구치소에 수감된 채 재판을 기다리고 있던 어느 날 저녁, 그는 간수를 때려눕히고 도 망쳐서 집으로 달려갔다. 그의 부인은 일터에 있었고, 아이들은 잠들어 있었다. 이반은 부인과 함께 달아나려고 부인이 돌아오 기를 기다리고 있었는데, 경찰이 먼저 그의 집에 들이닥쳤다.

—당신은 간수를 공격한 죄로 팔 년 형을 선고받았어요.

나는 통역을 했고, 이반은 나를 바라보았다.

—팔 년이나? 분명히 팔 년이란 말이오? 간수는 죽지 않았소. 나는 그를 죽일 생각은 없었단 말이오. 그는 저기 멀쩡하게 살아 있지 않소.

—나는 그대로 통역했을 뿐이오.

—그러면 내 가족은? 그들은 팔 년 동안 어떻게 되는 겁니까? 내 아이들은? 그애들은 어떻게 되겠소?

나는 그에게 대답했다.

—그들은 자라날 겁니다.

간수들이 그를 데려갔다. 그의 아내는 기절했다. 재판이 끝난 후, 나는 우리 동포들과 함께 그들이 잘 가는 선술집으로 갔다. 그곳은 내 집에서 과히 멀지 않은, 도심에 있는 시끄러운 싸구려 술집이었다. 우리는 이반에 대해 이야기하며 맥주를 마셨다.

—도망칠 궁리를 했다니 참 어리석기도 하지!

—몇 달만 살고 나오면 그만일 것을.

—이제 추방될 거야.

—그게 감옥보다 낫겠지.

누군가가 말했다.

—나는 이반의 아파트 위층에 살아요. 그들이 거기 살면서부터 나는 항상 그의 부인이 일을 마치고 돌아와서 우는 소리를 들었어요. 종종 그녀는 몇 시간씩 흐느껴 울었지요. 고향 마을에 두고 온 부모와 이웃과 친구들을 그리워하는 것 같았어요. 내 생각에 이제 그녀는 고향으로 돌아갈 것 같아요. 여기서 아이들을 데리고 혼자 팔 년씩이나 기다리지는 않을 거예요.

나중에, 나는 이반의 아내가 아이들을 데리고 모국으로 돌아갔다는 사실을 알게 되었다. 나는 이반을 면회 가야 한다는 생각을 가끔 했지만, 실제로는 한 번도 가지 않았다.

나는 점점 더 자주 그 술집에 갔다. 매일 저녁시간을 그곳에서 보냈다. 그곳에서 우리나라 사람들을 많이 사귀게 되었다. 우리는 긴 테이블에 함께 앉았다. 술시중을 드는 아가씨도 우리나라 사람이었다. 그녀의 이름은 베라였는데, 그곳에서 오후 두시부터 자정까지 일했다. 그녀의 언니 카티와 형부 폴은 그 술집의 단골손님들이다. 카티는 시내의 한 병원에서 일하고 있었다. 그곳에는 탁아소가 있어서, 그녀는 몇 달밖에 안 된 딸아이를 거기에 맡기고 일할 수 있었다. 폴은 주유소에서 일하는데, 그는 자동차에 미쳐 있다.

나는 장이란 친구를 알게 되었다. 그는 자격증이 없어서 농사일을 하고 있었고, 내가 가는 곳마다 쫓아다녔다. 그는 마땅한 직장을 찾지 못했는데, 내가 생각하기에 영원히 일자리를 찾지 못할 것 같았다. 그는 지저분하고 옷도 제대로 못 입었고, 아직도 망명자 수용소에 살고 있다.

폴과 나도 친구가 되었다. 나는 종종 그의 집에서 저녁을 보냈다. 그의 아내는 일터에서 돌아와 먹을 것을 준비하고 세탁을 하고 아기를 돌보아야 했다.

폴이 말했다.

—졸려죽겠는데 자정까지 기다렸다가 처제를 데리러 가야 해.

그의 아내가 말했다.

—그애는 혼자 돌아올 수 있어요. 여긴 조그만 도시예요. 위험할 게 없어요.

나는 그들에게 말했다.

—그냥들 자요. 내가 베라를 책임지고 데려다줄 테니.

나는 술집으로 다시 갔다. 베라는 주인과 함께 돈을 세고 있었다. 그녀는 내가 입구에 나타나자 미소를 보냈다.

내가 정중하게 말했다.

—폴이 피곤하다기에, 오늘 저녁은 내가 당신을 데리러 왔습니다.

그녀가 말했다.

—고마운 말씀이지만, 나는 혼자 갈 수 있어요. 형부는 항상 자기가 나를 책임져야 한다고 말하지요.

—지금 몇 살이죠?

—열여덟.

—아직 어린애라고 할 수 있군요.

—말씀이 지나치시네요.

우리는 거리로 나왔다. 자정이 넘었다. 도시는 텅 비고 고요했다. 베라는 내 팔을 잡고 내게로 몸을 밀착해왔다. 집 앞에서, 그녀는 내게 말했다.

—키스해줘요.

나는 이마에 키스한 뒤 그녀를 떠났다.

어느 날 저녁 나는 그녀를 찾아갔다. 그녀는 테이블 끝에 앉아 있는 마지막 손님인 듯한 청년을 가리키며 내게 말했다.

—이제 기다리실 필요 없어요. 앙드레가 데려다줄 거예요.

—저 친구도 우리 동포인가?

—아뇨. 이곳 사람이에요.

—서로 말도 안 통할 텐데.

—그래서요? 우리는 말이 필요 없어요. 그래도 잘만 통해요.

나는 폴에게 베라를 혼자 내버려두지 않기로 약속했었다. 그래서 나는 집까지 그들을 따라갔다. 집 앞에서, 그들은 오랫동안 키스했다.

나는 폴에게 알려야 한다고 생각했지만 그렇게 하지 않았다. 다만 공장에 일찍 출근하려면 일찍 자야 하기 때문에 더는 베라를 데리러 갈 수 없다고만 말했다.

그래서 다시 폴이 저녁마다 술집에 갔고, 앙드레 문제는 일단락되었다.

일요일 오후, 폴의 집에서, 우리는 바캉스에 관해 이야기를 나누었다. 폴은 행복해 보였다. 돈을 아끼려고 그는 중고차를 샀다. 카티와 그는 전국을 돌아볼 예정이었다. 그들은 병원 탁아소에 아기를 맡기기로 했다.

나는 물었다.

—베라는? 이 주일씩이나 혼자 뭘 하지?

그녀가 말했다.

—나는 휴가가 없어요. 그대로 일할 거예요. 당신은요? 당신은 뭘 할 거예요?

─나는 욜란드와 함께 일주일간 떠나 있을 거예요. 우리는 바닷가에서 캠핑을 할 겁니다. 둘째 주에는 당신과 함께 지낼 수 있어요.

─친절하시군요.

폴이 끼어들었다.

─그럴 필요 없어, 상도르. 내가 장에게 베라를 저녁마다 데리러 가라고 부탁해놨어. 아무튼 그는 할 일도 없을 테니까. 내가 그에게 생활비를 좀 주려고 해.

베라가 울면서 말했다.

─고마워요, 형부. 그 더럽고 냄새나는 농부밖에 사람이 없더란 말이죠?

그녀는 부엌을 나가 자기 방으로 가서 소리내어 울기 시작했다. 우리 사이에 잠시 침묵이 흘렀다. 우리는 서로 시선을 피했다.

나는 집으로 돌아오면서 베라와 결혼하면 어떨까 하는 생각을 했다. 나이 차이가 열 살도 안 되니까 그렇게 큰 편도 아니었다. 그러나 우선 욜란드와의 관계를 청산해야 한다. 이번 휴가 동안, 그녀와 헤어질 결심을 해야 한다. 그러면 나는 이 가증스러운 휴가를, 작년만큼이나 따분하고 불쾌할 이 바캉스 기간을 단축시킬 수 있을 것이다. 일주일 밤낮을 욜란드와 지내다니, 생각만 해도 끔찍하다! 더위, 모기, 캠핑장의 우글대는 사람들은 또 어떻고!

예상대로 일주일은 길었다. 욜란드는 하루 종일 태양 아래에서 타월을 깔고 뒹굴었다. 그녀가 생각하는 것은 오직 피부를 구릿빛으로 태우고 돌아가서 그런 피부가 돋보이도록 밝은 옷을 받쳐입는 것뿐이었다. 나는 낮 동안은 텐트 속에서 책을 읽고, 날이 저물면 바닷가를 오래오래 거닐었다. 나는 욜란드가 잠들어 있을 만큼 오래 있다가 텐트로 돌아왔다.

우리는 거의 말을 하지 않고 지냈기 때문에 싸울 일은 없었다.

아무튼, 나는 베라와 결혼할 생각은 포기했다. 조만간 린이 돌아올지도 모르기 때문에.

우리는 일요일 저녁에 바캉스에서 돌아왔다. 욜란드는 월요일부터 다시 일을 시작할 예정이었다. 나는 그녀를 도와서 차에서 짐을 내리고 텐트와 돗자리를 정리해 다락방에 두었다. 욜란드는 만족했다. 그녀는 피부를 원하는 대로 잘 태웠으므로 바캉스는 성공이었다.

—토요일 저녁에 만나.

나는 술집으로 갔다. 서둘러 베라를 찾았다. 내가 한 테이블에 앉자, 종업원이 다가왔다. 나는 그에게 물었다.

—베라 없어요?

그는 어깨를 으쓱했다.

—닷새 전부터 안 나오고 있어요.

—어디가 아픈가요?

—모르겠어요.

나는 술집을 나와 단숨에 폴의 집으로 달려갔다. 그들은 삼층에 살았다. 나는 층계를 뛰어올라가서 초인종을 눌렀다. 문을 두드렸다. 이웃집 여자가 그 소리를 듣고 문을 열고 나오더니 내게 말했다.

—그 집에 아무도 없어요. 다들 바캉스 떠났어요.

—젊은 아가씨도요?

—아무도 없다니까요.

나는 술집으로 되돌아갔다. 장이 한쪽 테이블에 앉아 있는 것이 보였다. 나는 그를 다그쳤다.

—베라 어디 있지?

그는 머뭇거렸다.

—왜 화를 내고 그래? 베라는 떠났어. 내가 처음 이틀 밤은 데려다줬는데, 그애가 친구들과 바캉스를 떠날 거라며 나더러 올 필요 없다고 했어.

나는 곧 앙드레를 떠올렸다.

그리고 다시 이런 생각을 했다. 베라가 폴이 돌아오기 전에 돌아와 다시 일할 수만 있다면 상관없겠지.

그뒤 며칠 동안 나는 술집에도 여러 번 들러보고 폴의 집에도 여러 차례 가보았다. 나는 나중에야 무슨 일이 일어났는지 알게 되었다.

폴과 카티가 그 다음주 토요일에 돌아왔다. 베라는 없었고 그녀의 방문은 잠겨 있었다. 그런데 아파트에서 이상한 냄새가 났다. 카티는 창문들을 열어놓고, 탁아소로 아기를 찾으러 갔다. 폴이 우리집으로 와서 우리는 함께 술집으로 갔다. 거기에서 우리는 장을 만났다. 우리는 함께 의논했고 내가 앙드레에 대해 말했다. 폴은 분통을 터뜨렸다. 그가 집으로 돌아갔을 때, 여전히 악취가 가시지 않아서 베라의 방문을 부수고 들어갔다. 침대에 누워 있는 베라의 시체는 벌써 부패하고 있었다.

시체부검 결과, 베라는 수면제 과다복용으로 죽었음이 판명되었다.

우리 동족의 첫번째 죽음이었다.

얼마 안 있어 또다른 죽음들이 이어졌다.

로베르는 욕조에서 동맥을 끊고 죽었다.

알베르는 "너희는 내 똥이나 먹어라"라고 우리말로 적은 쪽지를 남기고 목매달아 죽었다.

마그다는 감자와 당근 껍질을 까고 나서 바닥에 앉아 가스밸

브를 열고 오븐에 머리를 밀어넣은 채 죽었다.

술집에서 네번째 모금이 있던 날, 종업원이 내게 말했다.

—당신네 외국인들은 만날 조의금을 걷고 만날 장례식을 하는군요.

나는 그에게 대답했다.

—우리는 맘껏 즐기고 있다네.

나는 저녁마다 글을 쓴다.

죽은 새

내 머릿속에 나 있는 자갈길 끝에는 죽은 새가 있었다.

—나를 묻어줘.

새는 나에게 부탁했고, 그의 부러진 사지의 귀퉁이에서 비난의 소리가 벌레처럼 꿈틀거리는 듯했다.

흙이 좀 필요해.

검고 무거운 흙.

삽 한 자루.

나는 두 눈밖에 가진 것이 없어.

초점 없는 슬픈 눈이 초록빛 물에 잠겨 있다.

나는 벼룩시장에서 그것들을 외국 동전 몇 닢과 바꾸었다. 사람들은 내게 그 외에 다른 것은 주려 하지 않았다.

나는 그것들을 조심스레 문질러 닦아 무릎 위에 놓고 손수건으로 물기를 훔쳤다. 조심스럽게, 잃어버리지 않도록.

이따금, 나는 새의 몸통에서 깃털을 하나 뽑아 나의 유일한 재산인 이 눈 위에 자줏빛 핏줄을 그린다. 나는 또 그것들을 아주 검게 만들어버린다. 하늘에 먹구름이 끼고 빗방울이 떨어지기 시작한다.

죽은 새는 비를 좋아하지 않는다. 새는 젖으면 썩을 것이고 고약한 냄새를 풍길 것이다.

그럴 경우, 불쾌한 냄새 때문에, 나는 좀더 멀리 떨어져 앉을 것이다.

이따금, 나는 약속한다.

— 흙을 찾으러 갈 거야.

그러나 정말로 그렇게 생각하지는 않는다. 이제 새는 그 약속을 믿지 않는다. 새는 나를 알고 있다.

왜 여기서 죽었을까, 여긴 돌밖에 없는데.

아름다운 불이라면 잘 어울리리라.

아니면 커다란 붉은 개미들과.

단지, 모든 것이 너무 비싸다.

성냥 한 갑을 사려면 몇 달을 일해야 하고, 중국식당에서 밀매되는 마약들도 터무니없이 비싸다.

나는 유산으로 물려받은 것이 거의 없다.

나는 가진 돈이 얼마 없음을 깨닫고 고민하기 시작한다.

처음에는 나도 남들처럼 되는대로 막 썼지만, 이제는 주의해야 한다.

절대적으로 필요한 것만 살 것이다.

이제 더이상 흙과 삽과 마약과 성냥은 문제가 되지 않는다.

더구나, 잘 생각해보면, 내가 왜 처음 보는 새의 죽음과 관련이 있다고 느꼈는지 모를 일이다.

나는 폴의 집에 거의 가지 않는다. 우리는 너무 슬퍼서 서로 말을 할 수가 없었다. 우리 세 사람은 모두 베라를 놔두고 바캉스를 떠난 것에 대해 죄책감을 느끼고 있다. 나는 그들 두 사람보다 더 나빴다. 내가 일광욕을 즐기는 욜란드를 지켜보고 있을 때, 베라는 자살했다. 어쩌면 그녀는 나를 사랑했는지도 모른다.

　카티는 동생이 죽었다고 어머니에게 편지를 쓸 용기가 없었다. 그녀의 어머니는 여전히 베라의 주소로 편지를 보내왔고, 그 편지들은 '사망자'라는 꼬리표를 달고 되돌아갔다. 베라의 어머니는 이 외국어가 무슨 뜻인지 몰라 궁금해할 것이다.

　나는 이제 그 술집에도 예전처럼 자주 가지 않는다.

　그곳에 가는 사람의 수는 차츰 줄어들었다. 죽지 않은 사람들은 모국으로 돌아갔다. 젊은 독신자들은 더 멀리 떠나기 위해 대서양을 건너갔다. 나머지 사람들은 이곳에 적응하고 이곳 출신 사람과 결혼해서 저녁이면 가정으로 돌아간다.

이제는 술집에서 장을 볼 수 없었다. 그는 여전히 망명자 수용소에 살면서, 세계 각처에서 온 외국인들을 사귀었다.

이따금, 장은 집 앞 계단에서 나를 기다린다.

―배가 고파.

―수용소에서 못 먹었어?

―먹었어. 여섯시에 죽을 좀 얻어먹었지만 또 배가 고파졌어.

―아직도 일자리를 못 찾았어?

―응, 없어.

―들어와서 앉아.

나는 비닐 식탁보 위에 접시 두 개를 놓고, 돼지기름으로 계란 프라이를 했다. 장은 내게 물었다.

―감자 없어?

―응, 감자는 없어.

―감자하고 함께 먹어야 맛있는데…… 빵도 없어?

―응, 빵도 떨어졌어. 장 보러 갈 시간이 없어. 난 일하러 다니잖아.

그는 먹었다.

―네가 원한다면, 네가 일하러 간 동안 내가 장을 봐줄게.

―그럴 필요는 없어. 나 혼자서도 해결할 수 있어. 몇 년 전부터 그렇게 해왔는걸 뭐.

장이 고집을 부렸다.

―그러면 네 아파트에 페인트칠을 다시 해줄 수도 있어. 내가 전문가는 아니지만, 몇 번 해봤거든.

―다시 칠할 필요 없어. 이 정도면 충분해.

―더럽잖아. 이 부엌 좀 봐, 시커멓게 됐다구. 화장실이나 욕실은 또 어떻구. 보기 흉하지 않아?

―맞아. 남 보기에는 좀 그렇지. 하지만 나는 돈이 없어.

―공짜로 해줄게. 먹여주기만 해. 일한 대가로. 내가 무용지물이라는 생각이 들지 않게 좀 해줘. 너는 페인트 값만 내면 돼. 그리고 지금까지 그랬던 것처럼 먹을 것만 좀 주면 돼.

―난 널 착취할 생각은 없어.

―좋아, 난 시내를 산책하다가 수용소로 가야겠어. 네 집은 너무 더러워.

그건 사실이다. 내 집은 전체적으로 더럽다. 그런데 나는 더이상 그걸 생각조차 않고 살았다. 십 년 전 이곳으로 이사온 이후 한 번도 손질하지 않고 그대로 살고 있다. 그때에도 이미 깨끗하지는 않았다.

그래서 나는 장에게 부엌부터 시작해보라고 말했다.

린이 올 때쯤에는 집 전체가 깨끗해질 것이라고 생각했다. 부엌도, 욕실도, 화장실도.

방은 적당하다. 우리 두 사람을 위한 커다란 침대와, 벽이 책들로 뒤덮인 침실이 있다. 작은 방이 하나 더 있는데, 지금은 잡동사니를 넣어두는 창고로 쓰지만, 이제 테이블과 타자기와 종이를 준비해놓고 내 서재로 쓸 예정이다.

이제 타자기와 타자 용지와 타자기 리본을 살 궁리를 해야 한다.

당분간은 대학노트에 연필로 쓸 것이다.

장은 일을 신속하게 잘해냈다. 내가 내 집을 못 알아볼 정도였다. 이제 린이 오더라도 부끄럽지 않을 만큼 집이 깨끗해졌다.

나는 욕실과 부엌에서 쓸 행주와 타월들을 새로 사서 서랍 속에 가지런히 정리해두었다.

나는 장에게 내가 줄 수 있는 만큼 보수를 지불했다. 그는 자신이 한 일에 대해 나보다 더 만족스러워했다. 그는 나머지 두 방마저 칠하고 싶어했지만, 그것은 절대로 불필요한 짓이었다.

장은 행복해했다.

—아내에게 처음으로 돈을 부쳤어. 네가 준 돈 말이야.

―가엾은 장. 몇 푼 되지도 않는 걸 가지고.

―우리나라에서는 여기보다 열 배나 가치가 있다고. 아내는 아이들에게 가을옷과 신발을 사줄 수 있어. 애들은 학교에 갈 때는 깔끔하게 입고 가야잖아.

내가 물었다.

―이제 어떻게 할 거야? 일거리도 없이.

―나도 모르겠어, 상도르.

―네 나라로 돌아가, 그게 차라리 낫겠어.

―그럴 수 없어. 온 마을 사람들이 비웃을 거야. 나는 그들에게 한 밑천 벌어오겠다고 약속했거든. 네가 날 도와주기만 한다면, 상도르, 보다시피, 난 페인트칠을 할 줄 알아. 다른 일도 할 수 있다고. 예를 들면, 정원 가꾸기 같은 것 말이야. 채소밭이든 관상용 정원이든 간에. 보수는 많이 바라지 않아. 돈 조금하고 먹을 것만 좀 주면 돼. 내가 수용소에서 공짜로 먹고 자는 동안에는 내가 번 돈을 아내에게 부칠 수 있어.

나는 장을 위해서 몇 군데 일자리를 찾아냈지만 그를 완전히 쫓아낼 수는 없었다. 그는 거의 매일 저녁 우리집에 와서, 내가 글쓰는 것을 방해했고, 잠자는 것을 방해했다. 그는 나에게 아내와 아이들의 편지를 읽어주었다. 그는 자기 나라의 나쁜 점을 이야기하고, 자기가 그들과 함께 살 수 없다고 느끼는 권태로움에 대해 말했다.

　그는 거의 매일 울었다. 그를 위로해주는 방법은 돼지기름과 감자뿐이었다. 그는 배가 불러지면 습관적으로 이층침대가 있는 수용소 침실로 돌아갔다. 그곳에서 그는 제일 고참이었으므로 책임자이기도 했다.

　마침내 그가 가고 나면 나는 다시 글을 쓰기 시작했다.

그들

　비가 온다. 가늘고 찬 빗줄기가 지붕 위로, 나무 위로, 무덤 위로 떨어진다. 그들이 나를 보러 왔을 때, 슬픔으로 일그러지고 복잡한 표정을 한 그들의 얼굴에선 빗줄기가 흘러내리고 있었다. 그들은 나를 바라보았고 추위는 더 심해졌다. 나의 하얀 벽들은 더이상 나를 보호해주지 않았다. 그것들은 결코 나를 보호해줄 수 없었다. 그것들의 견고함은 환상일 뿐이고, 흰색은 더럽혀져 있었다.

　어제, 나는 뜻밖에도 행복한 순간을 경험했는데, 이유는 알 수 없었다. 그것은 비와 안개를 뚫고 내게로 왔다. 그것은 미소 띤 얼굴로 나무들 위로 떠다니다가 춤추듯 내 앞으로 다가와서 나를 감쌌다.

나는 그것을 알아보았다.

그것은 아주 먼 옛날, 내가 아직 어린아이로 남아 있던 시절에 맛보았던 행복이었다. 여섯 살밖에 안 되었을 때, 나는 저녁마다 뜰에 나와 앉아 달을 바라보며 몽상에 잠겼다.

이제 나는 지쳤다. 나를 피곤하게 만드는 것은 밤마다 나를 찾아오는 그들이다. 오늘 저녁에는 몇 명이나 올까? 한 명? 아니면 그룹으로?

그들의 얼굴은 하나다. 그러나 그들은 모두 정체가 불분명하다. 그들이 들어왔다. 그들은 선 채로 나를 바라보며 말한다.

—왜 우느냐? 잘 생각해보아라.

—무엇을?

그들은 웃기 시작한다.

잠시 후, 내가 말한다.

—준비되었다.

나는 셔츠의 단추를 풀어 가슴을 열어 보이고, 그들은 슬프고 창백한 손을 들어올린다.

—잘 생각해보아라.

—더이상 할 수 없다.

슬프고 창백한 손들이 올라갔다가 다시 떨어진다.

누군가가 내 하얀 벽들 뒤에서 울고 있다.

—잘 생각해보아라.

가벼운 잿빛 안개가 지붕 위로, 인생 위로 떠다니고 있었다. 한 어린아이가 뜰에 앉아서 달을 바라보고 있었다.

그는 여섯 살이었고, 나는 그를 사랑했다.

—사랑해.

내가 그에게 말했다.

아이는 차가운 시선으로 내 얼굴을 뚫어지게 쳐다보았다.

—애야, 나는 먼 곳에서 왔다. 말 좀 해봐라, 왜 달을 바라보고 있는 거니?

—내가 지금 보고 있는 것은 달이 아니야. 내가 보고 있는 것은 미래야.

아이는 짜증스럽게 말했다.

—내겐 진흙투성이의 죽은 밭밖에 안 보이는구나.

내가 조용히 말했다.

—거짓말, 거짓말 마. 돈도 있고, 빛도 있고, 사랑도 있어. 그리고 뜰에는 꽃이 잔뜩 있다구.

아이는 소리쳤다.

—내겐 진흙투성이의 죽은 밭밖에 안 보이는구나.

아이는 결국 내 말을 인정하고 울기 시작했다.

그것은 그의 뜨거운 마지막 눈물이었다. 그의 머리 위로도 비

가 내리기 시작했다. 달은 사라졌다. 어둠과 침묵이 내게 와서
묻는다.

　—그애를 어떻게 했니?

피곤하다. 어제 저녁에도 맥주를 마시면서 글을 썼다. 문장들이 머릿속에서 맴돈다. 글쓰기가 나를 파괴하는 것 같다.

평소대로, 나는 버스를 탔다. 눈을 감는다. 버스가 첫번째 마을에 도착한다.

신문 배달을 하는 노파가 신문뭉치를 가지러 온다. 그녀는 아침 일곱시가 되기 전에 배달을 마쳐야 한다.

한 젊은 여자가 아기를 품에 안고 버스에 오른다.

내가 공장에서 일하기 시작한 이후, 이 정류장에서 버스를 타는 사람은 아직 한 사람도 없었다.

오늘 한 여자가 버스를 탔는데, 그 여자의 이름은 린이다.

내 꿈속의 린이 아니고, 내가 기다리던 린은 아니지만, 진짜 린이다. 그녀는 벌써부터 나의 어린 시절을 오염시켰던 작은 세균이었다. 그 계집아이는 내가 자기 오빠의 옷을 입고 신을 신고 있다는 것을 알고 다른 모든 아이들에게 떠벌렸다. 그애는 내게 빵도 주고 과자도 주었다. 나는 그것을 거절하고 싶었지만, 쉬는 시간에 너무 배가 고파서 그냥 받아먹었다.

그녀는 가난한 사람을 도와야 한다고 말했다. 그녀의 부모가 그렇게 말했다고 했다. 내가 바로 그녀가 선택한 가난한 사람이었다.

나는 린을 자세히 보기 위해서 버스 중간까지 갔다. 내가 그녀를 마지막 본 것이 십오 년 전이었다. 그녀는 그렇게 많이 변하지는 않았다. 여전히 말랐고 얼굴은 창백했다. 머리칼은 뒤로 해서 고무줄로 묶었는데, 옛날에 비해 색이 더 진해진 것 같았다. 얼굴엔 화장기가 없었고, 옷은 별로 우아하지도 않고 유행을 따른 것도 아니었다. 아니, 린은 하나도 예쁘지 않았다.

그녀의 시선은 창문 밖으로 향하고 있었지만, 무언가를 보고 있는 것 같지는 않았다. 잠시 내게로 눈길을 주다가 얼른 시선을 돌렸다.

그녀는 틀림없이 내가 그녀의 아버지를, 그리고 나의 아버지를, 아니, 우리의 아버지를, 어쩌면 나의 어머니까지도 죽였다고 믿고 있을 것이다.

린이 나를 알아보면 안 된다. 그녀는 나를 살인자로 고발할지도 모른다. 십오 년이 지났지만, 어쩌면 아직 시효가 남았을지도 모른다. 더구나, 그녀는 알고 있을까? 우리가 한 아버지의 자식이라는 사실을? 아니, 우리가 한때 한 아버지를 가졌었다는 것을? 그는 죽었을까?

칼이 긴 만큼, 성인 남자의 몸뚱이는 크게 저항했었다. 나는 죽을힘을 다해서 찔렀지만 겨우 열두 살이었고 그나마도 잘 먹지 못해서 허약하고 몸무게도 얼마 되지 않았다. 해부학 지식은 없지만 아마도 내 힘으로 치명상을 입히기는 힘들었을 것 같다.

공장 앞에서 우리는 내렸다.

대기중이던 탁아모가 린을 탁아실로 데려갔다.

나는 작업장으로 들어가서 내 앞에 놓인 기계를 작동시켰다. 기계는 처음 작동되는 것처럼 힘겹게 움직이며, 규칙적으로 삐걱거리기 시작했다. '린이 저기에 있다. 드디어 린이 왔다!'

밖에서는, 나무들이 춤을 추고, 바람이 살랑거리고, 구름이 떠다니고, 햇살은 눈부셨다. 봄날 아침 같은 날씨였다.

내가 기다리고 있었던 것은 바로 그녀였다! 나는 그 사실을 몰랐다. 나는 내가 미지의 아름다운, 비현실의 여인을 기다리고 있는 것이라고 믿었었다. 헤어진 지 십오 년 만에 정말 린이 온 것이다. 우리는 고향에서 아주 먼, 외국의 낯선 마을에서 다시 만난 것이다.

아침나절은 빨리도 지나간다. 점심때, 나는 공장의 구내식당으로 식사를 하러 간다. 사람들은 줄을 서서 천천히 앞으로 나아갔다. 린이 내 앞에 있었다. 그녀는 빵 한 덩이를 먹으며 커피를 마시고 있었다. 나도 처음 이곳에 왔을 때 음식이 맞지 않아서 그랬다. 이 나라 음식은 모두 싱겁고 맛이 없었다.

린은 한쪽 구석에 따로 떨어져 있는 식탁에 앉았다. 나는 그녀와 마주 보이는 다른 식탁에 앉아서, 눈을 내리깐 채 먹기만 했다. 그녀를 바라보기가 두려웠다. 나는 식사를 마치자마자 일어서서 식판을 가져다두고 커피를 한 잔 가져왔다. 린의 식탁 앞을 지나는 길에, 그녀가 읽고 있는 책을 힐끗 보았다. 그것은 이 나라 말도 우리나라 말도 아닌 것 같았다. 내 생각으로는 라틴어 같았다.

나 역시 책을 읽는 척했지만 집중할 수 없었고, 자꾸 린에게로 시선이 갔다. 그녀가 고개를 들면 나는 얼른 눈을 내리깔았다. 이따금, 린은 오랫동안 창문을 바라보았고, 나는 뭔지 모르지만 그녀의 내부에 큰 변화가 있었음을 짐작할 수 있었다. 그녀의 시선에서 그것을 읽을 수 있었다. 내 어린 시절의 린은 미소를 머금은 행복한 눈을 가지고 있었다. 그런데 지금의 린은 어둡고 슬픈 눈을 하고 있다. 모든 망명자들에게서 보아온 그런 눈이다.

오후 한시에 우리는 공장으로 돌아가야 한다. 린은 내 작업장 바로 위층 작업장에서 일한다.

저녁에 공장을 나서자, 버스 한 대가 우리를 기다리고 있었다. 나는 린이 탁아실로 달려가더니 곧바로 아기를 데리고 나오는 것을 보았다. 린은 운전석 가까이, 나보다 약간 뒤쪽에 그러나 과히 멀지 않은 자리에 앉았다.

린은 아침에 버스를 탔던 그 정류장에서 내렸다. 나도 내려서 그녀를 따라갔다. 그녀는 마을에 있는 작은 식품점으로 들어갔고, 나도 따라 들어갔다. 그녀는 사고 싶은 물건들, 말하자면 우유와 국수 종류와 잼 따위를 손가락으로 가리켰다. 그녀는 아직 이 나라 말을 모르는 모양이었다. 아니면, 벙어리가 되었거나. 그녀는 어린 시절에는 분명 수다쟁이 소녀였다.

나는 담배 한 갑을 사고 나서 린을 따라 거리로 나섰다. 이번에는, 그녀가 틀림없이 나를 알아채는 것 같았다. 그러나 그녀는 아무 말도 하지 않았다. 그녀는 교회 옆에 있는 이층짜리 집으로 들어갔다. 나는 아래층 창문을 바라보았다. 불빛이 있었다. 한 남자가 책상 앞에 앉아 책을 보고 있었다. 아파트의 나머지 부분엔 불이 켜지지 않았다.

나는 숲으로 난 길을 발견했다. 작은 나무다리를 건너 길을 따라 집 뒤쪽으로 가서, 잔디밭에 앉아 린의 집을 찾아보았다. 그녀의 집을 찾았다고 생각했지만 확실치는 않았다. 뒤쪽 방에서 여러 그림자가 움직이는 것이 보였지만, 사람을 알아볼 수는 없었다.

좀더 자세히 보려면 쌍안경을 사야겠다고 생각했다.

나는 집 앞쪽으로 되돌아갔다. 그 남자는 여전히 책상 앞에 앉아 있었다. 린도 거기에 있었다. 그녀는 소파에 앉아 아기에게 젖병을 물리고 있었다. 나는 그 아기가 아들인지 딸인지는 몰랐지만, 적어도 그 남자가 린의 남편이라는 것은 알았다.

나는 다시 버스를 타고 집으로 돌아가려 했다. 그러나 오래 기다려야 했다. 저녁에는 버스가 아주 한참 만에야 오기 때문이다. 거의 열시가 다 되어서 집에 도착했다.

장이 집 앞에서 나를 기다리고 있었다. 그는 층계참에서 잠들어 있었다.

그는 내게 물었다.

—어디 갔다 와?

나는 말했다.

—뭐라고? 내가 너한테 갚아야 할 빚이라도 있어? 여기서 뭐 하는 거야? 너 정말 사람 귀찮게 하는구나.

장은 일어서서 내게 나직이 말했다.

─널 기다리고 있었어. 통역할 사람이 필요해.

나는 문을 열고 부엌으로 들어가며 말했다.

─돌아가. 너무 늦었어. 난 자야 해.

그가 말했다.

─배가 고파.

나는 그에게 말했다.

─내가 알 바 아니야.

내가 그를 층계로 밀어내자, 그가 다시 한마디 했다.

─에브가 다음 재판에서 너를 다시 보고 싶대. 그 여자는 외국인들, 망명자들, 우리와 관련있는 모든 사항을 맡고 있어. 그 여자가 너에 대해 계속 묻더라구.

내가 말했다.

─네가 가서, 난 죽었다고 말해줘.

─하지만, 사실이 아니잖아, 상도르. 넌 죽지 않았어.

─그 여자도 이해할 거야.

장이 물었다.

─왜 그렇게 심술을 부리는 거야, 상도르?

─심술이 아니야. 난 너무 피곤해. 날 좀 내버려둬.

나는 쌍안경을 샀다. 자전거도 한 대 샀다. 그래서, 더이상 버스를 탈 필요가 없어졌다. 이제 밤이든 낮이든 내가 가고 싶을 때는 언제나 린의 마을에 갈 수 있게 되었다. 그곳은 시내에서 육 킬로미터밖에 떨어져 있지 않았다.

나는 더이상 린을 추적하지 않았다. 나는 공장을 나오면 마을까지 버스를 탔다. 그녀는 자기 동네에 가서 내렸고 다시는 나를 돌아보지 않았다.

구내식당에서 외에는.

어느 날 저녁, 나는 쌍안경을 갖고 린을 보러 갔다. 별다른 볼 것은 없었다.

린이 아기를 작은 침대에 재우고 남편과 함께 큰 침대로 간 뒤 불이 꺼졌다.

이따금 린은 창가에 몸을 기대고 서서 나를 바라보며 담배를 피웠다. 그러나 실은 나를 보는 게 아니라 숲을 바라보는 것이었다.

나는 내가 거기에서 그녀를 관찰하고 있다고, 이 낯선 땅에 와서 그녀를 살펴보고 있다고 그녀에게 알려주고 싶었다. 그녀의 오빠인 내가 거기에 있다고 해서 그녀가 두려워할 일은 하나도 없다고, 그리고 내가 그녀를 온갖 위험으로부터 보호해줄 것이라고도 말해주고 싶었다.

어디선가 들었거나 아니면 읽은 얘기인데, 고대 이집트에서 이상적인 결혼은 형제자매 사이의 결혼이라고 했다. 나도 그렇게 생각한다. 물론 린은 반쪽 동생이긴 하지만, 내게는 다른 여동생이 없지 않은가.

토요일이 되었다. 토요일에는 공장이 쉰다. 그래서 자전거를 타고 린의 동네로 갔다. 나는 그들 부부를, 집 앞에서 또는 숲 근처에서 관찰했다. 나는 린이 옷을 갈아입고, 작은 가방을 들고 나서는 것을 보았다. 그녀는 버스정류장으로 가서 시내로 가는 버스를 탔다.

나는 자전거로 버스를 쫓아갔다. 내리막길이었기 때문에 버스를 바싹 따라잡을 수 있었다. 우리는 거의 동시에 프랭시팔 광장에 도착했다. 린이 내렸다. 그녀는 미장원으로 들어갔다. 나는 카페로 가서 광장으로 난 창문 가까이에 앉아 기다렸다.

두 시간 뒤, 린이 온갖 종류의 물건을 한아름 안고 나왔다. 머리 모양이 달라져 있었다. 그녀의 머리는 짧은 파마머리로 변했는데, 욜란드와 거의 비슷했다. 나는 그 머리가 그녀에게는 전혀 어울리지 않는다고 말해줘야겠다고 생각했다.

예상대로, 그녀는 버스를 탔다. 나는 자전거로 그녀의 뒤를 쫓아갔다. 그녀의 동네까지 열심히 따라갔지만, 이번에는 오르막

길이었으므로 그녀보다 훨씬 늦게 도착했다.

그날, 나는 욜란드의 집에 가는 것도 잊었다. 별로 재미있는 볼거리가 있는 것도 아닌데 저녁 여덟시까지 린의 곁을 떠나지 못했다. 집에 도착했을 때, 나는 먹을 것을 사지 않았음을 깨달았다. 냉장고에는 아무것도 없었다. 욜란드의 집으로 갈 수도 있었지만 나는 동포들이 드나드는 그 선술집으로 갔다.

장은 당연히 거기에 있었다. 그는 다른 나라에서 온 망명자들에 둘러싸인 채 맥주를 마시고 있었는데, 나는 그들의 언어를 알아들을 수가 없었다.

장은 그들에게 말했다.

—이 친구는 내가 제일 좋아하는 친구야. 앉아, 상도르. 여긴 내 친구들이야.

나는 그 친구들과 일일이 악수를 하고 나서 장에게 물었다.

—저 친구들 말을 알아들을 수 있어?

장이 웃으며 대답했다.

—간단해. 제스처가 있잖아.

그는 종업원에게 손가락 여덟 개를 펴 보였다.

—맥주!

그는 내게 몸을 기울이며 말했다.

—술값은 네가 내, 알았지, 맥주 여덟 잔?

―물론. 감자튀김 곁들여서 소시지 여덟 개 추가.

종업원은 소시지 접시를 날라왔다. 내가 테이블 위에 지갑을 내놓자, 그 친구들은 내게 박수를 보냈다. 그들은 요란하게 먹어 댔고, 맥주를 자꾸 더 시켰다.

한참 그러던 차에 욜란드가 내 앞에 나타났다. 그녀는 안개 속에 서 있는 것 같았다. 나는 이미 너무 마신 상태였고 홀 안에는 담배연기가 자욱했다.

나는 욜란드에게 말했다.

―앉아.

―싫어. 가자. 내가 저녁 준비해놨어.

―난 벌써 먹었어. 앉아서 소시지나 좀 먹지그래. 여긴 다 친구들이야.

그녀가 말했다.

―넌 취했어. 데려다줄까?

―아니야, 욜란드. 난 여기 있고 싶어. 더 마실 거야.

그녀가 말했다.

―네 동포들이 온 이후 넌 변했어.

―그래 맞아. 난 달라졌어. 내가 옛날로 다시 돌아갈 수 있을지 나도 모르겠어. 그걸 알려면, 우린 당분간 만나지 않는 게 좋겠어.

—얼마 동안이나?

　—몰라. 몇 주일이나 아니면 몇 달쯤.

　—좋아. 기다리겠어.

　중요한 문제가 남아 있었다. 어떻게 린과 사귈 것인가?

　이상하게도, 작업반장이나 탁아모는 어떤 문제가 생겼을 때에도 내게 통역을 부탁하지 않았다. 사실, 공장일은 아주 단순하기 때문에 농아에게도 설명할 수 있다.

　둘째로, 나는 린이 벙어리일지도 모른다는 생각을 했다. 그녀는 거의 말을 하지 않았다. 정말로 아무에게도 말을 하지 않았다.

　그러니 내가 할 수 있는 일은 구내식당에서 그녀에게 접근해 보는 것뿐이다.

　대개, 나는 여자들에게 쉽게 접근하는 편이다. 그러나, 린만큼은 두려웠다. 나는 거절당할까봐 거의 공포에 가까운 두려움을 느꼈다.

　어느 날, 나는 결심했다. 나는 커피를 들고 그녀의 식탁 앞에 가서 멈춰 섰다. 그녀에게 우리나라 말로 물었다.

　—커피 한 잔 더 하시겠어요?

　그녀는 미소지으며 말했다.

—아뇨, 됐어요. 앉으세요. 당신이 우리 동포인 줄 몰랐어요. 그래서 저를 그렇게 따라다니셨어요?

　—예, 그랬습니다. 저는 우리나라에서 온 사람들에게 관심이 많거든요. 그들을 도와주고 싶어서요.

　—저는 당신의 도움을 받을 일이 별로 없을 것 같군요. 그런데 당신은 누구신가요?

　—아주 오래된 망명자지요. 십오 년 전에 이곳에 왔으니까요. 제 이름은 상도르 레스테르입니다.

　—오, 저는 상도르라는 이름을 좋아해요. 저희 아버지 이름이 상도르죠.

　—아버지 연세가 어떻게 되십니까?

　—그건 왜요? 아마 육십쯤 되셨을 겁니다. 그게 당신에게 무슨 상관이 있지요?

　나는 대답했다.

　—저희 부모님은 전쟁통에 모두 돌아가셨습니다. 저는 당신 부모님이 돌아가셨는지 살아 계신지 궁금했을 뿐입니다.

　—저희 부모님은 두 분 다 살아 계셔요. 당신 부모님이나 당신이나 참 안됐군요, 상도르. 제 이름은 카롤린인데, 저는 그 이름이 맘에 들지 않아요. 제 남편은 저를 그냥 카롤이라고 불러요.

　—저는 당신을 린이라고 부르겠어요.

그녀가 웃었다.

—내가 어릴 때, 사람들이 린이라고 불렀는데!

그러고서 그녀는 내게 물었다.

—이 나라에서 어떻게 견디세요?

—차츰 익숙해지지요.

—저는 익숙해질 것 같지 않아요. 절대로.

—하지만 그래야만 해요. 당신은 망명자입니다. 스스로 이 길을 택했으니, 당장 되돌아갈 수는 없지 않습니까?

—아뇨. 저는 망명자가 아니에요. 남편이 이 나라에 장학금을 받고 공부하러 온 거죠. 남편은 의사예요. 우리는 여기서 일 년간 살다가 우리나라로 되돌아갈 겁니다. 돌아가면, 저는 공부를 마저 끝내고 그리스어와 라틴어를 가르칠 거예요. 남편을 기다리는 일 년 동안만 공장에서 일할 겁니다. 남편의 장학금만으로는 생활비가 부족하거든요. 저는 본국에 남아 있을 수도 있었지만, 남편이 아이와 떨어져 살고 싶지 않다고 해서요. 저하고도 그렇고.

나는 린을 따라 그녀의 기계 앞까지 갔다.

—두려워하지 마요. 일 년은 금세 지나가요. 저는 이곳에서 십 년째 일하고 있어요.

—끔찍하군요. 전 못 참을 거예요.

—아무도 참지 못하죠. 그렇다고 죽을 수는 없지 않습니까? 어떤 사람들은 돌아버리지만, 그것은 극소수죠.

저녁에, 나는 버스에서 린을 기다렸고, 린은 아기를 데리고 도착했다. 나는 그녀에게 아이가 딸인지 아들인지 물었다.

—딸이에요. 오 개월 됐어요. 이름은 비올레트. 그런데, 이제는 절 좀 따라다니지 마세요.

다음날, 구내식당에서, 나는 식판을 들고 린의 식탁으로 갔다. 나는 그녀와 마주보고 앉았다.

—이제부터 거리에서는 따라다니지 않겠습니다. 그 대신, 식사는 같이 해도 괜찮으시겠죠?

—매일요?

—그러면 안 되나요? 우린 같은 나라 사람인데요. 아무도 이상하게 생각지 않을 겁니다.

—제 남편이 질투할 거예요.

—아무것도 모를 겁니다. 남편에 대해 말해주세요.

—그 사람 이름은 콜로만이에요. 지금 연구중이고요. 매일 아침 시내에 나갔다가 저녁 늦게 돌아와요. 그는 집에서도 공부를 열심히 해요.

—당신은요? 당신은 이곳이 따분하지 않으세요? 외출도 안

하고, 친구도 없고.

—어떻게 아세요?

나는 미소지으며 말했다.

—당신을 미행해왔잖아요. 몇 주 전부터 당신을 관찰했거든요.

—저녁에도요? 더구나 집에 있을 때까지?

—네, 창문을 통해서 봤습니다. 쌍안경으로. 용서하세요.

린은 얼굴을 붉히면서 재빨리 말했다.

—저는 심심할 틈이 없어요. 집안일에, 아이 돌보기에, 장보기, 공장일까지.

—남편이 좀 도와주지 않습니까?

—그럴 시간이 없어요. 토요일 오후에 내가 시내로 장보러 갈 동안만 딸아이를 돌봐줘요. 동네에서는 생필품을 다 구하기가 힘들어서요.

내가 말을 막고 끼어들었다.

—미용실조차도 없지요. 당신이 미용실에서 한 머리는 참 그렇군요. 당신에게는 전혀 안 어울려요.

그녀는 화난 목소리로 말했다.

—그건 당신이 상관할 일이 아니잖아요.

—맞아요. 미안합니다. 계속해보세요.

—뭘 계속하란 말이죠?

—남편이 토요일 오후엔 아기를 돌봐주고 또……

—돌본다고 할 수도 없어요. 아이를 서재에 데려다놓고 아이 옆에서 자기 공부를 하니까요. 딸이 너무 울면 내가 미리 타놓은 찻물을 먹이죠. 그게 전부예요. 남편은 아기 기저귀도 안 갈아주고, 달래지도 않고 울게 내버려둬요. 그렇게 하는 것이 아기에게 좋다고 주장하면서.

린은 고개를 숙였다. 그녀의 눈에 눈물이 고였다. 잠시 침묵 끝에 내가 말했다.

—그 모든 일을 당신 혼자 하기에는 벅차시겠죠.

그녀는 고개를 끄덕였다.

—이런 생활이 오래 지속되지는 않을 거예요. 초여름에 돌아가니까요.

—안 돼!

나도 모르게 비명을 질렀다. 린이 깜짝 놀라며 물었다.

—아니, 뭐가 안 된다는 건가요?

—미안합니다. 물론, 당신은 떠나겠죠. 하지만 나는 당신이 떠나는 걸 참기 어려울 것 같습니다.

—무슨 소리예요?

—얘기하자면 너무 깁니다. 당신은 내가 십오 년 전에 떠나온 어떤 소녀와 너무 닮았어요.

린이 미소지었다.

―이해가 가요. 저도 옛날에 동갑내기 소년을 좋아했던 적이 있어요. 어느 날, 그가 갑자기 사라져버렸지요. 그는 어머니와 함께 도시로 떠났어요. 그 후 아무도 그들을 본 사람이 없어요.

―소년도 어머니도 다?

―아무도. 더구나, 그의 어머니는 창녀였어요. 저는 그들이 마을을 떠난 날을 확실히 기억해요. 그날 저녁, 우리 아버지가 집으로 돌아오는 길에 습격을 당하셨거든요. 공동묘지 근처에서, 어떤 불량배가 아버지를 칼로 찌르고 지갑을 빼앗아갔어요. 아버지는 간신히 걸어서 집까지 오셨고, 어머니가 아버지의 상처를 치료해주셨어요. 어머니가 아버지를 구하신 거죠.

―당신은 그뒤 토비아스를 다시 본 적이 없습니까?

린은 내 눈을 뚫어지게 쳐다보았다.

―나는 그 아이의 이름이 토비아스라는 걸 말한 적이 없어요.

우리는 꼼짝 않고 서로를 뚫어지게 쳐다보았다. 먼저 말을 꺼낸 것은 나였다.

―이봐, 린, 나는 너를 단박에 알아보았어. 네가 버스에 오르던 첫날.

린은 평소보다 더 창백해지면서 속삭이듯 말했다.

―토비아스? 네가? 그런데 왜 이름을 바꿨지?

—인생을 바꿨기 때문이지. 그리고 내 이름은 좀 우스운 것 같
았거든.

　다음날 아침, 린이 버스에 탔다. 그녀는 한쪽 구석에 있는 내
옆에 앉았다. 다른 손님이 거의 없어서 우리 둘뿐인 거나 마찬가
지였다. 아무도 우리를 쳐다보지 않았고, 신경쓰지도 않았다.

　린이 내게 말했다.

　—내가 당신…… 아니, 너에 대해 남편에게 말했어. 콜로만에
게. 공장에서 혼자가 아니라 다행이라고 하더군. 그에게 약간 거
짓말을 했지. 네 어머니 얘기는 안 했어. 네가 대도시에서 온 사
촌뻘 되는 사람이며 전쟁고아라고만 말했어. 그가 너를 보고 싶
어해. 너를 우리집에 초대하자고 하더군.

　내가 말했다.

　—안 돼, 지금 당장은. 좀더 기다려야 해.

　—뭘 기다려?

　—우리 두 사람이 다시 친해질 때까지 기다려야 해.

　매일 점심때마다 우리는 같이 점심을 먹었다. 그리고 아침마
다 우리는 함께 버스를 탔다. 매일 아침마다. 또 저녁에도.

　내가 고통스러운 것은 주말뿐이다. 우리는 주말엔 공장에 가
지 않기 때문이다. 나는 주말에 린이 쇼핑 가는 것을 따라가겠다

고 했다. 나는 프랭시팔 광장에서 기다렸다. 나는 가게에 들어가는 그녀를 쫓아갔다. 나는 그녀의 짐을 들어주었다. 그러고 나서, 우리는 망명자들의 선술집에 들러 커피를 한잔했다. 그리고 린은 버스를 타고 자기 동네로, 남편에게로, 아이에게로 돌아갔다. 나는 더이상 그녀를 따라갈 수 없었다.

이제 매일 밤 그녀가 남편 곁에서 자는 꼴을 보는 데도 신물이 난다.

아직 일요일이 남아 있다. 나는 린에게 일요일마다 오후 세시에 숲으로 가는 나무다리에서 기다리겠다고 말했다. 그녀가 아이를 데리고 산책 삼아 나오면, 내가 거기서 기다리겠다고 했다.

나는 일요일마다 그녀를 기다렸고, 그녀도 일요일마다 나왔다.

우리는 그녀의 딸아이와 함께 산책을 했다. 이따금, 겨울에 그러듯이, 린은 작은 썰매에 아이를 태워서 끌고 나왔다. 내가 썰매를 언덕 꼭대기까지 끌어올려주면, 린과 비올레트는 함께 썰매를 타고 미끄럼을 타고 내려갔고, 나는 걸어서 아래로 내려갔다.

나는 이제 린을 보지 않고는 하루도 견딜 수가 없었다. 그녀는 내게 없어서는 안 될 존재가 되었다.

공장에서의 하루는 즐거움이고, 아침에 눈뜸은 행복이며, 버스로 하는 출근길은 세계일주이며, 프랭시팔 광장은 우주의 중심지였다.

린은 내가 그녀의 아버지를 죽이려 했던 사실을 몰랐고, 나의 아버지가 곧 그녀의 아버지라는 사실도 몰랐다. 그래서 나는 그녀에게 청혼할 수도 있다. 여기에서는. 아무도 그녀와 내가 오누이 사이라는 것을 모를 것이다. 린 자신도 모를 것이다. 따라서 그녀와 내가 결혼하는 데는 아무런 문제가 없었다.

우리는 아이를 갖지 않을 것이다. 가질 필요가 없다. 린에겐 이미 아이가 있고, 나는 아이들을 싫어하기 때문이다. 콜로만이 고국으로 돌아갈 때 그 아이를 데리고 간다면 더욱 좋다. 고국에는 할머니 할아버지가 있고 고향이 있으니, 아이에게는 그것으로 충분하다.

나는 이곳에 오직 린만 붙잡아두고 싶다. 나의 집에. 내 아파트는 깨끗하다.

나는 서재로 쓰려던 작은 방을 비워서, 린이 갑자기 우리집으로 살러 들어올 경우 아이를 위한 방으로 쓰도록 꾸몄다.

점심식사를 끝낸 후, 린과 나는 이따금 체스를 둔다. 이기는 쪽은 항상 나였다. 다섯번째로 내가 이겼을 때, 린이 말했다.

―너도 뭔가 좀 그럴듯한 사람이 되어야 해.

―무슨 소리?

그녀는 약간 화난 목소리로 말했다.

―학교에서 우리는 같은 수준이었어. 이후 우리는 달라졌지. 나는 고전어 선생님이 되었는데, 너는 겨우 공장노동자라니.

내가 말했다.

―난 글을 쓰잖아. 나는 일기도 쓰고 책도 써.

―가엾은 상도르, 넌 책이 뭔지도 몰라. 무슨 언어로 글을 쓰고 있지?

―이곳 언어지. 넌 내 글을 읽지도 못할걸.

그녀가 말했다.

―모국어로 글을 쓰는 것도 힘든데, 하물며 외국어로 글을 쓴다고?

내가 말했다.

―해보는 거야, 안 돼도 할 수 없지. 잘돼도 그만, 안 돼도 그만이야. 상관없어.

―정말? 넌 늙어죽을 때까지 공장노동자로 지내도 좋단 말이야?

―너와 함께라면. 너만 있으면 아무래도 좋아. 너 없이는 아무것도 할 수가 없어.

―겁난다, 토비아스.

—너 역시, 나를 두렵게 하고 있어, 린.

이따금, 토요일 저녁에 나는 욜란드를 보러 갔다. 나는 이제 린과 그녀의 남편이 한 침대에서 자는 꼴을 보는 데도 신물이 났다. 망명자들의 선술집에 신물이 난 것만큼이나.

욜란드가 콧노래를 부르며 음식을 장만하면서 나에게 얼음을 넣은 위스키를 한 잔 가져다주면, 나는 소파에 앉아 신문을 읽었다. 그러고 나서, 우리는 마주앉아 말없이 식사를 했다. 우리는 할말이 별로 없었다. 식사를 끝내고, 내가 할 수 있을 때, 우리는 사랑을 나눴다. 그런데 나는 점점 더 그것을 잘할 수가 없었다. 가능한 한 빨리 집으로 돌아가서 글을 써야겠다는 생각뿐.

나는 이제 이곳 말로 나의 이상한 이야기를 쓰지 않았고, 우리말로 시를 썼다. 그 시들은 물론 린에게 바치는 것이었다. 그러나 감히 그것들을 린에게 보여줄 수 없었다. 철자법에 자신이 없었고, 린이 나를 무식하다고 놀릴 것 같았기 때문이다. 그 내용들도, 린에게 보여주기에는 시기상조였다. 그녀가 내 시를 읽고 나면 구내식당에서 더이상 같은 식탁에 앉지 못하게 할지도 모르고, 또 매주 일요일의 산책을 취소할지도 모를 일이었다.

십이월의 어느 토요일, 욜란드가 말했다.

—이번 크리스마스에는 부모님 댁에 다녀올 거야. 너도 우리

와 함께 크리스마스를 보내면 좋겠어. 오래전부터 부모님이 너를 보고 싶어하셨거든.

—그것도 좋지. 아마 갈 수 있을 거야.

나는 잠시 망설였다. 사실, 월요일 아침에 린이 내게 말하기를, 그녀의 남편이 크리스마스이브에 나를 초대하자고 했다는 것이다.

—네 여자친구와 함께 와.

나는 고개를 저었다.

—내게 여자친구가 있다면, 토요일과 일요일 오후에 너와 지낼 수 있었겠어? 친구와 함께 간다면, 남자친구를 하나 데려갈 수는 있겠지.

욜란드에게, 나는 고국의 친구들 집에 장과 함께 초대받았다고 말했다. 그래, 나는 내 친구 장을 데리고 갈 거다. 대단하신 의사 선생님이 나의 무식한 농부 친구와 한 테이블에서 식사하는 꼴을 좀 보려고!

그런데 그것은 내 착각이었다.

콜로만은 두 팔 벌려 우리를 환영했다. 그는 곧바로 장을 부엌으로 안내해서 맥주를 한 잔 주며 편하게 대해주었다.

나는 외부에서 종종 그 집을 관찰해오다가 드디어 내부에서 보게 된 것이 매우 만족스러웠다. 방 하나는 길가에 있고, 다른 하나는 숲과 뜰 쪽에 있었다. 두 방 사이에 식당이 있고, 욕실은 없었다. 중앙난방이 아니라서, 방에는 석탄난로를 피우고, 부엌의 화덕에는 장작을 땠다.

나는 린이 우리집에서보다 훨씬 힘들겠다는 생각을 했다.

린은 콜로만이 평소에 공부방으로 쓰던 길가 쪽 방에서 식탁을 차리느라고 분주했다. 콜로만은 테이블을 깨끗이 치우고 책들도 정돈해놓았다.

전나무로 크리스마스트리 장식을 했고, 나무 아래에는 선물들이 놓여 있었다. 나무 옆에서 어린 딸이 보행기를 타고 놀고 있었다.

콜로만은 촛불에 불을 붙이고 딸아이는 선물을 받았다. 물론 아이는 선물이 뭔지도 몰랐다. 그 아이는 이제 겨우 육 개월밖에 안 되었다. 나는 아기에게 장난감 고양이를 선물했고, 장은 자기가 직접 만든 나무팽이를 주었다.

린은 아기에게 젖병을 물렸다.

—딸아이가 잠들면 식사를 해요. 그러면 좀 조용해질 거예요.

콜로만은 백포도주병을 따서, 한 잔 따라 높이 쳐들었다.

—메리 크리스마스!

나는 크리스마스트리를 본 적이 없다는 생각을 했다. 어쩌면 장도 같은 생각을 하고 있을 것이다.

린이 뒷방에 아기를 재우고 나서, 우리는 식사를 했다. 쌀과 야채를 곁들인 오리고기로 무척 맛있었다.

식사 후, 우리는 선물을 교환했다. 장은 날이 여러 개 달리고 병따개와 깡통따개까지 달린 다용도 칼을 선물받았다. 그는 무척 만족스러워했다. 나는 만년필을 받았는데 제일 먼저 떠오른 것은 린이 어떻게 생각할까였다. 나는 그것을 기분 좋게 받아들일 수 없었다. 비웃는 것으로 여겨졌다.

콜로만이 나를 향해 말했다.

—카롤이 그러던데, 글을 쓰신다고요.

나는 린을 쳐다보았다. 낯이 뜨거워졌다. 틀림없이 빨갛게 되었으리라. 나는 어리석게도 이렇게 말했다.

—네, 하지만 아직은 연필로만 쓰죠.

나는 화제를 바꾸기 위해서 얼른 린에게 줄 선물을 꺼냈다. 장과 내가 그녀에게 준 선물은 물병과 잔이 들어 있는 식기세트였다. 물론, 선물값은 내가 다 지불했지만.

린은 식탁을 치우기 시작했고, 나는 그녀를 도왔다.

우리는 물을 데우고, 린은 설거지를 하고, 나는 행주질을 했다. 우리가 부엌에서 일하는 동안, 방에서는 아주 쾌활한 웃음소리가 들려왔다. 장과 콜로만은 농담을 즐기고 있었다.

내가 방으로 들어가서 말했다.

—장, 가야겠어. 마지막 버스가 십 분 후에 있어.

콜로만 앞에서, 나는 린의 뺨에 키스했다.

—고마워, 누나. 정말 즐거웠어.

장은 린의 손에 키스하며 콜로만을 향해 말했다.

—고마워, 안녕, 콜로만.

콜로만은 말했다.

—또 봅시다. 나도 정말 즐거웠습니다.

크리스마스와 새해 사이에 공장에서 일주일 휴가를 받았다. 이제 린과의 버스여행도, 점심식사도 할 수 없었다. 크리스마스 전에 린에게 미리 약속했었다.

—매일 오후 세시에 다리에 가 있을게.

날씨가 그렇게 춥지 않은 날에는 자전거를 타고 나갔다. 눈이 오면 버스를 타고 나갔다. 나는 다리 위에서 몇 시간씩 기다리다가, 돌아와서 시를 썼다.

불행하게도, 콜로만 역시 휴가임이 틀림없었다. 그가 아기와 함께 린의 산책에 따라나섰던 것이다. 그래서 나는 나무 뒤에 숨었다가, 그들이 보이지 않게 되자 도망치듯 집으로 와버렸다. 린은 틀림없이 내 자전거를 발견했을 것이다.

휴가 기간 내내 단 한 번도, 린은 내게로 오지 않았다. 단 한 번도, 나는 그녀와 이야기를 할 수 없었다.

콜로만이 크리스마스이브 파티에서 뭔가를 눈치챈 것일까?

이제 휴가보다는 근무하는 것이 더 나았다. 지독히 따분했다. 욜란드의 집에 가보았지만, 그녀는 없었다. 그녀는 아직도 부모 집에 머물고 있으리라. 그들은 과히 멀지 않은 곳에 살고 있었지만 나는 그 집 주소를 몰랐다.

망명자들의 선술집은 문을 닫았다.

하루는 저녁 무렵, 폴의 집에 가서 초인종을 눌렀다. 카티가 문을 열고 나왔다.

―안녕, 상도르, 웬일이에요?

―그냥. 폴과 당신과 이야기나 좀 하려고.

―폴은 여기 없어요. 그는 떠났어요. 사라져버렸어요. 아마도 고국으로 돌아간 것 같아요, 잘은 모르지만. 베라가 죽고 나서 몇 주 후, 부엌 식탁 위에서 편지 한 장을 발견했어요. 그는 베라를 사랑했었대요. 베라를 사랑하면서도 나와 함께 바캉스를 떠났던 것을 영원히 후회할 거래요. 베라 역시 그를 좋아했기 때문에, 그녀를 혼자 남겨두고 우리 둘이서만 떠나니까 죽어버린 거래요.

나는 혼잣말처럼 중얼거렸다.

―안됐군요. 당신은 폴도 없이 어떻게 살아갈 거예요?

―잘 지내고 있어요. 난 여전히 병원일을 하고 이곳 남자와 살고 있어요. 이제는 베라가 죽어버렸으니, 그 사람이 동생과 사랑에 빠질 리도 없고.

카티는 문을 닫았다. 나는 몇 분 동안 거기, 현관에 혼자 서 있었다. 그때, 나는 베라가 나를 사랑한다고 생각했었다. 내가 착각했던 것이다. 그녀는 형부 폴을, 즉 언니의 남편을 사랑했었다. 다른 한편, 나는 위안을 받았다. 베라가 내게 아무것도 기대하지 않았었다는 사실에.

십이월 삼십일일, 먹을 것을 몇 킬로그램쯤 가지고 망명자 수용소로 갔다. 나는 커다란 방으로 들어갔다. 여러 피부색을 가진 사람들이 방을 꾸미고 식탁을 준비하느라 분주히 움직였다. 종이 테이블보, 일회용 물컵과 접시들. 사방에, 전나무 가지들이 흩어져 있고.

내가 들어가자, 사람들이 나를 둘러싸고 소리쳤다.

―장! 장! 네 친구 왔다!

장은 나를 부엌 가까이, 주빈석으로 이끌었다.

―와줘서 기뻐, 상도르!

그래서 아는 나라, 모르는 나라에서 온 사람들이 벌이는 큰 파티에 참석했다. 음악과 춤과 노래가 있었다. 망명자들은 새벽 다섯시까지 파티를 할 수 있는 허가를 받았다.

열한시에, 도망치듯 그곳을 빠져나와 자전거를 타고 첫번째 동네로 갔다. 나는 숲 근처에 앉았다. 린의 집 창문에는 불이 전부 꺼져 있었다.

곧이어 교회의 괘종시계가 열두시를 쳤다. 자정이다. 새해가 시작되었다. 나는 서리가 내린 풀밭에 앉아, 고개를 숙여 두 팔에 묻고 울었다.

마침내 휴가가 끝났다. 린은 다시 내 차지가 되었다. 거의 하루 종일. 우리가 공장에서 일을 할 때에도, 작업장이 한 층밖에 차이가 나지 않기 때문에 나는 언제라도 그녀를 보러 갈 수 있었다.

첫날 아침, 버스에서 린이 말했다.

—미안해, 상도르. 나 혼자 집 밖에 나갈 수가 없었어. 콜로만은 매일 집에서 일을 했고, 내가 비올레트와 함께 외출을 하려고 준비하기 시작하면, 자기도 바람을 좀 쐬고 싶다며 따라나섰어.

—알아, 린. 나도 다 봤어. 상관없어. 아무튼 휴가가 끝나서 다행이야. 다시 전처럼 되었잖아.

린은 나에게 놀라운 이야기를 해주었다.

—너는 나를 보고 싶어했겠지. 나는 집에서 몹시 지루했어. 콜로만은 내게 말을 걸지 않아. 그는 자기 책 속에만 파묻혀 지내. 산책할 때조차도, 그는 내게 거의 말을 하지 않아. 그래서 나는 네 생각을 많이 했어. 그리고 네 자전거를 보고 슬펐어. 그래, 넌 휴가 동안 뭘 하고 지냈어?

　—널 기다렸지.

　린은 눈을 내리깔고, 얼굴을 붉혔다.

　점심식사 동안, 그녀는 나에게 말했다.

　—네 어머니가 어디에 있는지 여태 물어보질 못했어. 같이 떠나지 않았었니?

　—아니야, 내가 먼저 떠났어. 난 어머니가 어떻게 되었는지 몰라.

　—사람들이 시내 거리에서 보았다고들 그랬어. 미안하지만, 토비아스, 내 생각에 네 어머니는 아마도 동네에서처럼 그런 생활을 계속했던 것 같아.

　—어머니로서는 선택의 여지가 없었을 거야. 하지만 아무튼 그것은 내 인생에서 지워버리고 싶은 부분이야, 린. 여기서는 내가 어디서 왔는지, 출신이 뭔지 아무도 몰라.

　—가엾은 토비아스. 날 용서해줘. 넌 네 아버지가 누군지도 모를 거야.

―착각하지 마, 린. 나는 분명히 알고 있어. 하지만 비밀이야.

―나한테까지도?

―물론, 너한테도. 아니, 특히 너한테는.

―어쩌면 내가 아는 사람이기 때문이지?

―맞아, 너도 그를 알기 때문이야.

린은 어깨를 으쓱했다.

―설령, 네 아버지가 우리 마을의 농부들 중 한 사람이었다고 해도 아무 상관 없어. 난 그들의 이름조차 기억 못 하는걸 뭐.

―그건 나도 마찬가지야, 린. 나도 그들의 이름을 기억하지 못해.

린과 나는 이제 산책할 때나 점심식사 때면 옛날 얘기를 꺼냈다. 린이 말했다.

―네가 떠나던 해에 우리는 초등학교를 마쳤어. 가을에, 나는 도시로 떠나서 이모 집에서 학교에 다녔어. 우리 오빠는 이미 도시로 가서 무료 기숙학교에 다니고 있었잖아. 우리는 이모 집에서 일요일마다 만났어. 부모님도 그곳으로 자주 오셨고. 부모님은 고향 집에서 먹을 것들을 갖다주셨어. 도시에서는 전쟁 후 모든 게 부족했거든. 이 년 후, 내 남동생도 무료 기숙학교에 들어갔어. 우리 아버지가 너에게도 가라고 권했던 바로 그 학교 말이

야. 그뒤, 우리 셋은 모두 대도시로 가서 대학 공부까지 마쳤어. 우리 오빠는 변호사가 되었고, 남동생은 의사가 되었어. 너도 우리 아버지 말만 들었더라면 뭔가 됐을 텐데…… 그런데 넌 달아나서 결국 아무것도 안 됐어. 공장노동자라니. 왜 그랬어?

내가 대답했다.

―작가가 되려면 아무것도 안 돼야 해. 게다가, 산다는 게 다 그런 거 아니겠어?

―너 그걸 진담이라고 하는 거야, 상도르? 작가가 되려면 아무것도 안 돼야 한다는 거 말이야.

―물론, 난 그렇게 믿어.

―내 생각에는 작가가 되려면 아주 교양이 많아야 해. 그리고 많이 읽고 많이 써야 하고. 하루이틀에 작가가 되는 게 아니야.

나는 말했다.

―난 교양은 없지만, 많이 읽고 많이 쓰고 있어. 작가가 되려면, 쓰는 일만 해야 돼. 물론, 할 말이 없어지겠지. 그리고 이따금 할 말은 많은데도, 그것을 어떻게 말해야 할지 모르기도 해.

―결국 네가 쓴 것 중 남아 있는 게 뭐지?

―결국 없지, 거의. 노트 한 권에 남은 건 한두 장, 그리고 아래에 쓴 내 이름만 남아 있어. 쓴 걸 거의 다 불살라버렸거든. 아직 잘 쓰지 못하니까 당연해. 나중에, 책을 한 권 쓸 거고, 그건

태워버리지 않고 토비아스 호르바츠라고 서명도 할 거야. 모두
그게 필명인 줄 알겠지. 사실은 내 진짜 이름이지만, 그 사실을
아는 사람은 너밖에 없어, 안 그래?

그녀가 말했다.

—나도 글을 쓰고 싶어. 고국으로 돌아가면 비올레트는 학교
에 다닐 거고, 그러면 나도 글을 쓸 거야.

—뭐에 대해 쓸 건데?

—아직 몰라. 아마도 어떤 이루어질 수 없는 사랑에 대해서
겠지.

—그 사랑은 왜 이루어질 수 없는 거야?

린이 웃었다.

—몰라. 아직 시작도 안 했어.

—네 책은 거짓말이 될 거야.

—네가 그걸 어떻게 알아?

—알고말고. 왜냐하면 넌 아직 전모를 모르기 때문이지. 넌 결
코 우리의 이야기를 쓸 수 없을 거야.

—우리가 같은 이야기를 가지고 있기 때문에?

—그래, 린. 우리는 같은 이야기를 가지고 있어.

—사랑 이야기 말이야?

—그건 네게 달렸어, 린. 네가 다른 이루어질 수 없는 사랑의

경험을 가지고 있지 않는 한.

그녀가 웃으며 말했다.

—없어, 다른 사랑은 없어. 하지만 하나쯤 꾸며낼 수도 있어.

—꾸며낼 거 없어. 난 너를 사랑해, 린, 그리고 너도 날 사랑하잖아.

우리는 걸음을 멈췄다. 비올레트는 유모차 안에서 잠들어 있었다. 벌써 봄날씨다. 눈이 녹아서, 우리는 진창 속을 걸었다.

린은 잠든 딸을 바라보았다.

—그래, 나도 널 사랑해, 상도르. 하지만 난 남편이 있어. 그리고 저애도.

—그들이 없다면, 넌 나를 완전하게 사랑할까? 나와 결혼할 수 있을까?

—아니, 토비아스. 난 공장노동자의 아내가 될 수 없고, 나 역시 공장에서 계속 일할 수 없어.

내가 물었다.

—그럼 내가 유명 작가가 되어서 너를 찾아오면 결혼해주겠어?

그녀가 말했다.

—안 돼, 토비아스. 우선, 난 유명 작가가 되려는 네 꿈을 믿을 수 없어. 그리고 난 에스테르의 아들과는 죽어도 결혼할 수 없

어. 네 어머니를 마을에 버린 것은 집시들이었어. 도둑이면서 거지들이었어. 나는 학식 있고, 교양 있는 좋은 가문 출신의 부모를 뒀어.

—그래, 나도 알아. 난, 창녀 어머니에, 아버지도 모르는 일개 노동자에 불과해. 내가 비록 작가가 된다 해도 쓸모없는 인간이기는 마찬가지일 거야. 교양 없고, 학식 없고, 창녀의 아들이니까.

—그건 그래. 난 널 좋아하지만 그것은 꿈일 뿐이야. 난 부끄러워, 상도르. 나는 이제 남편하고 있어도 기분이 안 좋고, 너하고 있을 때도 마찬가지야. 두 사람을 다 속이고 있는 기분이야.

—하지만, 그게 바로 네가 하고 있는 짓이야, 린. 넌 우리 두 사람을 다 속이고 있어.

나는 모든 것을 말해줘야겠다고 생각했다. 그녀가 나에게 상처를 준 만큼 복수하기 위해서, 나는 적어도 그녀처럼 교양 있고 좋은 가문 출신인 아버지를 가지고 있다는 사실을 말하기로 결심했다. 그러나 난 말할 수 없었다. 그녀에게 상처를 줄 수 없었고, 그녀를 잃고 싶지도 않았다.

린의 남편이 회의 참석차 이틀간 집을 비우게 되었다. 내가 린에게 제안했다.

─이제 저녁마다 만날 수 있겠다.

　그녀가 잠시 망설이다가 말했다.

　─네가 우리집으로 오는 건 곤란해. 내가 네 집으로 갈 수도 없고. 너무 멀어. 아이를 그렇게 오랫동안 혼자 내버려둘 수가 없어. 다리에서 만나. 비올레트가 잠들었을 때 잠깐 나올게. 아홉시경에.

　나는 여덟시에 다리에 도착했다. 자전거를 난간에 기대어놓았다. 그리고 밤마다 그랬던 것처럼 앉아서 기다렸다. 필요하다면 몇 시간이라도, 아니, 며칠이라도 기다릴 수 있을 것 같았다. 달리 할 일이 없었기 때문이다.

　나는 쌍안경을 가지고 린을 관찰했다. 그녀는 뒷방으로 들어가서 아이를 재우고 불을 껐다. 그녀는 창문을 열고 상반신을 창문 밖으로 기울인 채 담배를 피웠다. 그녀는 나를 보지 못했지만 내가 거기에 있다는 것을 알고 있었다. 그녀는 아이가 잠들기를 기다렸다.

　교회 시계가 아홉시를 쳤다. 비가 오고 있었다. 잠시 후, 린이 내 곁으로 왔다. 그녀는 우리나라 여자들이 비올 때 흔히 그러듯이 머리에 머플러를 쓰고 나왔다. 어머니는 머플러도 모자도 쓴 적이 없었다. 어머니의 머리칼은 비를 맞아도 아름다웠다.

　린이 내 품으로 뛰어들었다. 나는 그녀의 뺨에, 이마에, 눈에,

목에, 그리고 입에 키스했다. 나의 키스는 눈물과 빗물로 축축했다. 나는 린의 얼굴에도 눈물이 흘러내리고 있음을 알았다. 눈물은 빗물보다 짜기 때문이다.

—왜 울어?

—내가 나빴어, 상도르. 내가 말했었지, 네 어머니 때문에 너와 결혼할 수 없다고. 하지만 그건 네 잘못이 아니야! 너도 어쩔 수 없는 일이야. 그러니, 너는 화를 내고 다시는 나를 안 만날 수도 있었어.

—나도 그런 생각을 하기는 했어, 린. 하지만 그럴 힘이 없었어. 나는 이제 완전히 네게 달렸어. 너를 더 못 보게 되면, 난 죽을 것 같아. 네가 나에게 아무리 못된 짓을 해도, 난 너에게 화를 낼 수 없어. 네가 나를 경멸한다는 것을 잘 알지만, 그걸 참을 만큼 너를 사랑해. 내가 참을 수 없는 유일한 것은 네가 콜로만과 함께 고국으로 돌아가야 한다는 사실이야.

—그렇지만 몇 달 후면 난 그렇게 할 수밖에 없어.

—그러면 나는 죽을 거야, 린.

그녀는 내 머리칼을 어루만졌다.

—넌 죽지 않아, 상도르. 그뿐 아니라, 너 역시 고국으로 돌아올 수밖에 없을 거야. 그러면 우린 계속 만날 수 있어.

—몰래? 네 남편 몰래 말이지?

—어쩔 수 없잖아. 나를 사랑한다면 우리와 함께 돌아가. 뭐 때문에 그렇게 못해?

—오, 말도 안 돼! 여러 가지 문제가 많아.

나는 그녀를 바싹 끌어안고, 입술에 키스했다. 오랫동안, 아주 오랫동안. 번갯불이 우리를 환히 비추고, 천둥이 호령했다. 나의 몸은 불덩이가 되어 린을 더욱더 세게 끌어당긴 채 사정했다.

비

어제, 나는 깊은 잠에 빠졌다. 내가 죽는 꿈을 꾸었다. 내 무덤을 보았다. 그곳은 아무도 돌보지 않아 잡초만 무성했다.

한 노파가 무덤들 사이를 거닐고 있었다. 나는 왜 내 무덤을 아무도 돌보지 않느냐고 노파에게 물었다.

—이건 아주 오래된 무덤이구먼, 그래. 날짜를 봐요. 이제는 아무도 그가 여기에 묻혀 있다는 것을 기억하지 못하는가보우.

나는 날짜를 보았다. 올해였다. 나는 뭐라고 대답해야 할지 몰랐다.

내가 잠을 깼을 때, 날은 이미 저물어 있었다. 침대에서 하늘과 별들이 보였다. 공기는 투명하고 부드러웠다.

나는 걸었다. 비를 맞으며, 진창길을 무작정 걸었다. 내 머리칼도, 옷도, 다 젖었다. 나는 신발을 벗고 맨발로 걸었다. 내 발이 너무 하얗기 때문에 진창 속에서 두드러져 보였다. 구름은 잿빛이었다. 해는 아직 뜨지 않았다. 날씨가 추웠다. 비는 차가웠다. 진창도 차가웠다.

나는 걸었다. 간혹 다른 행인도 있었다. 그들은 모두 같은 방향으로 걸어가고 있었다. 그들은 가벼워 보였고, 무게가 없는 사람들 같았다. 뿌리가 없는 그들의 발은 결코 상처받지 않았다. 그것은 집을 떠난 사람들, 고국을 떠난 사람들이 가는 길이었다. 그 길은 아무 데로도 갈 수 없는 길이었다. 그것은 끝이 없는, 넓고 곧은 길이었다. 그 길은 산맥을 넘고 도시를 가로지르고, 정원과 탑을 지나갔지만 흔적을 남기지 않았다. 돌아보면 그 길은 사라져버렸다. 앞에 곧게 뻗은 길이 있을 뿐. 여기저기에 큼직한 물웅덩이들이 생겨났다.

시간이 갈라진다. 유년의 빈 공백은 어디서 다시 찾을 것인가? 어두운 공간에 갇힌 일그러진 태양은? 허공에서 전복된 길은 어디서 되찾을 것인가? 계절들은 의미를 잃었다. 내일. 어제. 그런 단어들이 무슨 의미가 있는가? 현재가 있을 뿐. 어떤 때는 눈이 온다. 또다른 때는 비가 온다. 그리고 나서 해가 나고, 바람이 분다. 이 모든 것은 현재이다. 그것은 과거가 아니었고, 미래가 아닐 것이다. 지금 일어나고 있다. 항상. 모든 것이 동시에. 왜냐하면 사물들은 내 안에서 살고 있지 시간 속에 있는 것이 아니기 때문이다. 그리고, 내 안에서는, 모든 것이 현재다.

어제, 나는 호숫가로 갔다. 지금 물은 너무 시커멓고, 너무 암담하다. 저녁마다, 잊혀진 나날이 물결에 실린다. 그것들은 마치 바다 항해를 떠나는 것처럼 지평선을 향해 멀어져갔다. 그러나 바다는 여기서 너무 멀다. 모든 것이 너무 멀다.

나는 곧 치료될 것이다. 무언가가 나의 내부나 공간 어딘가에서 부서질 것이다. 나는 미지의 깊은 곳을 향해 떠날 것이다. 대지 위에는 수확과 참을 수 없는 기다림과 설명할 수 없는 침묵이 있을 뿐이다.

나는 비를 맞으며 자전거를 타고 집으로 돌아왔다. 행복했다. 린이 나를 사랑한다는 사실을 알았기 때문이다. 그녀는 자신과 콜로만과 함께 고국으로 돌아가자고 했다.

그러나 나는 그러고 싶지 않았다.

조국으로 돌아가다니, 왜?

또다시 공장노동자가 되려고? 그래봤자, 이제 공장에도, 구내식당에도 린은 없을 것이다.

그녀는 대학교수가 될 것이다.

그녀는 더이상 나를 알은척하지 않을 것이다.

그녀는 이곳에 남아 있어야 한다. 남아야만 한다. 그녀의 남편과 함께건, 그녀의 아이와 함께건, 나는 상관없다. 아무튼 그녀가 떠나지 않기를 바랄 뿐. 그녀가 나를 사랑한다는 것을 안다. 그러므로, 그녀는 남아 있어야 한다.

린은 이곳에 나와 함께 남게 될 것이다. 결혼을 하건 안 하건, 아이가 있건 없건, 상관없다. 우리는 함께 살 것이다.

우리는 얼마간 공장에서 함께 일할 것이다. 그러고 나서 나는 책을 출간할 것이다. 시도 쓰고, 단편소설도 쓰고, 장편소설도 쓰고. 그러면 우리는 부자가 될 것이다. 우리는 더는 일할 필요가 없을 것이다. 우리는 시골에 집을 한 채 살 것이다. 나이 지긋하고 너그럽고 상냥한 아주머니가 우리의 살림을 대신 해줄 것이다. 우리는 책을 쓰고 그림을 그릴 것이다.

그렇게 세월을 보낼 것이다.

이제는 무언가를 위해 달려가고 기다리고 할 필요가 없을 것이다. 우리는 실컷 자고 나서 일어날 것이다. 우리는 자고 싶을 때 잘 것이다.

다만, 린이 동의하지 않고 있다.

그녀는 반드시 조국으로 돌아가려 한다. 그 이유를 모르겠다. 세상에는 다른 나라가 얼마든지 있는데!

만일 조국으로 돌아간다면, 나는 모든 도시의 창녀들을 뒤져서라도 나의 어머니를 찾지 않을 수 없으리라.

어제 저녁 우리가 만난 이후, 나는 린이 한 말이 두려웠다. 그녀는 너무도 예측할 수 없기 때문에 나는 어디서 만족해야 할지 몰랐다.

다음날 아침, 그녀는 버스에 탔고, 평소처럼 내 곁에 앉았다. 왼팔에 아기를 안고. 오른손이 내 손 안으로 미끄러져 들어왔다. 나는 아무것도 묻지 않았다. 우리는 공장까지 그런 식으로 앉아서 갔다.

날씨가 좋았다. 정오에, 우리는 점심을 먹고 나서 공원으로 산책을 나갔다. 우리는 어떤 벤치에 앉았다. 주위에는 아무도 없었고, 우리는 아무 말도 하지 않았다. 우리 앞에는, 공장 건물이 괴물처럼 서 있었다. 멀리 보이는 풍경은 관광안내 소책자에서처럼 멋졌다.

나는 내 손을 린의 손 위에 얹었다. 그녀는 손을 빼지 않았다. 낮은 목소리로, 내가 우리나라 말로 그녀를 위해 쓴 시들 중 하나를 암송했다.

—누구 시야?

—내 거야.

—정말 재능이 있는 것 같다, 상도르.

다시 일터로 돌아가야 했다. 우리는 손을 놓았다. 나는 내 손 안에 린의 손을 쥐고 있지 않으면 이제 살 수 없을 것 같았다.

어떻게 하면 린의 손을 놓치지 않을 수 있을까?

하루는, 저녁에 우편함에서 에브에게서 온 편지를 발견했다.

—우리는 당신 나라 말을 하는 다른 통역관을 찾았습니다. 당신은 이제 필요치 않습니다. 그렇지만 당신이 우리집으로 잠시 와주셨으면 합니다. 주소는 예전과 같습니다. 당신의 녹색 눈동자에 매료되었고…… 지금도 생생히 기억하고 있습니다. 수요일과 토요일 저녁 여덟시부터 기다리겠습니다. 잊을 수 없는 추억을 안고. 에브.

나는 답장하지 않았다. 아무튼, 나는 이제 그녀와 사랑을 할 수 없을 것이다. 욜란드와도 할 수 없다. 나는 이제 불능이 되었다.

—별로 먹지 못하는 것 같아, 상도르. 내가 만든 요리가 맛이 없어서 그래?

—네 요리 솜씨는 훌륭해, 욜란드.

—그런데 왜 그래? 꼭 허기진 고양이 같아. 네 고향친구가 너를 완전히 환자로 만들어버렸어.

—참견 마, 욜란드.

나는 음악을 듣다가 소파에서 잠이 들었다. 자정 무렵에, 욜란드가 나를 흔들어 깨웠다.

—내가 데려다줄게, 상도르. 아니면 여기서 자든지.

―고마워, 욜란드. 집에 가서 자는 게 낫겠어. 그리고 네게 폐 끼치고 싶진 않아. 걸어서 갈 거야.

나는 집으로 돌아왔다. 그리고 부엌 바닥에서 잠든 장을 발견했다. 나는 그가 술에 취했다고 생각하고 흔들어 깨웠다. 그가 눈을 떴다.

―나, 안 죽었어?

―네가 왜 죽어?

―가스를 열어놓았는데.

―일주일 전부터 가스가 끊겼어. 돈을 내지 않았거든. 전기료도 마찬가지야. 그것도 곧 끊기겠지. 내가 돈을 너무 많이 썼어. 실내복에, 자전거에, 손전등, 쌍안경까지…… 그런데 어떻게 들어왔어?

―문이 열려 있었어.

―내가 잠그는 걸 잊었었나보군. 아무려면 어때. 훔쳐갈 것도 없는데. 넌 왜 죽으려고 했어?

―편지를 한 통 받았어. 익명의 편지야. 아내가 다른 놈을 만나서 살고 있으니 돌아오지 말라는. 그것도 모르고 나는 돈을 부치고 있었어. 아내는 벌써 그놈의 아이를 임신했대. 난 어떻게 하면 좋지?

―돌아가서 네 아내를 다시 찾아오든지, 아니면 이곳에 남아

서 그 여자 생각을 하지 말든지.

　─하지만 나는 아내를 사랑해! 내 아이들도 사랑한다구!

　─그러면 계속해서 돈을 부쳐줘.

　─다른 놈 좋은 일 시키는 걸 뻔히 알면서? 내 입장이라면 넌 어떻게 하겠어?

　─난 아무것도 몰라. 난 내 입장조차도 모르는 판이야.

　─그렇지만, 넌 똑똑하잖아. 난 누구에게 조언을 구하지?

　─신부에게 해봐.

　─이미 해봤지. 그들은 인생을 몰라. 그들은 우리에게 참으라고 말하지. 기도하고 믿으시오라고. 먹을 거 좀 있어?

　─없어. 난 욜란드 집에서 저녁을 먹었어. 자, 나가자.

　우리는 늘 가는 선술집으로 갔다. 사람이 거의 없었다. 약간 남아 있던 돈으로, 나는 장에게 감자 샐러드를 시켜주었다.

　그가 다 먹고 나서 내게 물었다.

　─나 수용소로 가야 해?

　─물론. 아니면 어디서 자려고?

　─네 집. 작은 방 있잖아, 창고 방 말이야.

　─이제 창고 방은 없어. 내가 린을 맞아들이려고 아이 방으로 꾸며놓았어.

　─린이 네 집으로 살러 온다구?

―응, 곧.

―정말?

―응, 하지만 신경쓸 거 없어. 작은 방 카펫에서 자면 돼. 그렇지만 오늘밤뿐이야. 앞으로는 절대 안 돼.

버스가 첫번째 마을에 도착했다. 평소대로, 한 노파가 신문뭉치를 가지고 있었다. 린이 올라탔다. 그녀는 내 곁에 앉았다. 그녀는 내 손에 자신의 손을 밀어넣었다. 그녀는 몇 주 전부터 그런 버릇이 생겼다. 그리고 처음으로 내 어깨에 머리를 기대왔다. 우리는 아무 말 없이 공장까지 그런 식으로 갔다. 버스가 공장에 도착했는데도, 그녀는 꼼짝도 하지 않았다. 나는 그녀가 자고 있다고 생각하고 부드럽게 흔들었다. 그녀가 자리에서 굴러떨어졌다. 나는 아기를 품에 안고 소리쳤다.

―구급차를 불러주세요!

공장의 의무실에 린을 데려다놓고 병원으로 전화했다. 탁아모가 아기를 데려갔다.

나는 린과 함께 구급차에 탔다. 누군가가 내게 물었다.

―남편 되십니까?

―예.

나는 내 손으로 린의 손을 감싸쥐고 따뜻하게 해주려고 했다.

병원으로 가는 도중에 린이 깨어났다.

—무슨 일이야, 상도르?

—별거 아니야, 린. 네가 쓰러졌어.

—비올레트는?

—사람들이 잘 돌보고 있어, 걱정 마.

그녀가 다시 물었다.

—그런데 내가 뭘 어쨌어? 난 아무 데도 안 아파. 아무렇지도
않아.

—별일 없을 거야. 잠시 정신을 잃었을 뿐이야.

우리는 병원에 도착했다. 누군가가 내게 물었다.

—댁에 돌아가 계십시오. 전화 드리겠습니다.

—저는 전화가 없어요. 이곳에서 기다리겠습니다.

그 사람은 내게 문을 가리켰다.

—저쪽으로 가 계십시오.

그곳은 작은 대기실이었다. 거기에는 젊은 남자 혼자뿐이었
다. 그는 매우 신경질적으로 보였다.

—저는 전혀 볼 생각이 없어요. 그런데 그들은 아내가 얼마나
고통스러워하는지 내가 직접 봐야 한다면서 분만실에 들어가라
는 겁니다. 하지만 저는 그 모습을 보고 나면, 다시는 아내와 잠
자리를 같이 하지 못할 것 같습니다.

—당신 말이 맞아요. 들어가지 마요.

잠시 후, 그의 이름이 불렸다.

—빨리 오세요. 시작됐어요.

—싫어요!

그는 달아나버렸다. 창밖을 보니, 그는 공원을 가로질러 달려가고 있었다.

두 시간쯤 기다렸을 때, 한 젊은 의사가 미소를 지으며 나타났다.

—마음놓고 댁으로 돌아가세요. 부인은 아픈 게 아닙니다. 임신일 뿐입니다. 내일 퇴원할 수 있을 겁니다. 내일 오후 두시쯤 데리러 오십시오.

어제, 병원을 나온 나는 공장으로 돌아가지 않았다. 시내에서 무작정 거리를 걷다가, 열한시경 대학 맞은편에 있는 공원에 앉아 있었다.

정오 무렵 콜로만이 금발의 젊은 아가씨와 함께 건물에서 나왔다. 그들은 공원을 걸어가고 있었고, 나는 그들을 뒤쫓았다. 그들은 어느 카페의 테라스에 앉았다. 벌써 날씨는 따뜻했다. 봄 날씨 같았다. 그들은 음식을 주문하고 나서 마주보며 미소짓고 있었다.

콜로만이 젊은 아가씨와 함께 있는 것을 보자, 나는 질투를 느끼기 시작했다. 그는 린이 일하고 있는 동안 그런 식으로 린을 기만할 권리가 없었다. 다른 여자와 놀아났다면, 그는 린에게 고국으로 가자고 할 권리가 없었다.

나는 또한 매일 아침 버스에서 내 손을 잡고 있던 린을 생각했다. 지난 밤에도, 그녀는 임신중인지도 모르고 남편과 잠자리를 같이 했던 것이다.

나는 자리에서 일어나, 콜로만의 테이블로 갔다.

—시간 있으십니까?

그는 일어서며 짜증스런 목소리로 말했다.

—무슨 일이오, 상도르?

—린이 병원에 있어요. 아침에 버스에서 기절했어요.

—기절이라뇨?

—그래요. 내가 병원에 데려다줬어요. 거기서 사람들이 당신을 기다려요.

—아이는?

—부인이 돌아올 때까지 탁아모가 맡아줄 겁니다.

—고맙소, 상도르. 곧 병원에 가보지요. 일이 끝나면.

그는 서두르지 않았다. 천천히 식사를 마치고, 그 여자와 함께 대학으로 돌아갔다.

나는 병원으로 돌아갔다. 나는 린의 병실로 달려갔다.

—당신 남편이 곧 들를 겁니다. 일을 끝내고 나서.

—왜 갑자기 존댓말을 쓰는 거야, 상도르?

—나는 두려워, 린. 너무 무서워. 너를 잃게 될 것 같아. 넌 지금 콜로만의 둘째 아이를 가졌어.

다음날, 나는 일터로 가기 위해 또 버스를 타야 했다.

저녁에 나는 린이 병원에서 퇴원하는지 보기 위해 린의 집 앞에서 기다렸다. 방에는 모두 불이 꺼져 있었다.

사흘이 지나도 린은 돌아오지 않았다. 나는 감히 병원에 갈 수가 없었고, 린을 방문할 수도 없었다. 나는 그녀의 남편이 아니며, 그녀에게는 낯선 사람일 뿐이었으므로. 내가 그녀를 좋아한다는 사실 외에 나는 그녀와 아무런 관계도 없었다. 아니, 나는 그녀의 오빠이지만, 그 사실을 아는 것은 나뿐이다.

넷째 날, 나는 병원에 전화를 했다. 린이 여전히 거기에 있다고 누군가가 말해주었다. 그녀는 다음주 일요일에나 퇴원한다고 했다.

토요일 오후, 나는 꽃을 한 묶음 샀다. 린을 위해 그것을 병원 수납계에 맡겨놓을 생각이었지만, 곧이어 콜로만이 머리에 떠올랐다. 나는 거리에서 낯모르는 여자에게 그 꽃을 줘버렸다.

일요일에 나는 병원 앞 공원의 나무들 뒤에 숨어서 하루 종일 린을 기다렸다. 오후 네시쯤, 구급차 한 대가 병원 앞에 섰다. 곧이어, 린이 병원을 나와 그 차에 올라탔다.

콜로만은 부인을 데리러 오지 않았다.

저녁에, 나는 창문을 통해서 콜로만이 변함없이 앞쪽 방 테이블 앞에 앉아 있는 모습을 보았다. 린은 다른 방에서 어린 딸을 돌보고 있었다.

월요일 아침, 린이 버스에 올랐다. 그녀는 전보다 더 마르고 더 창백했다. 그녀는 내 곁에 앉아서 울었다. 그녀는 내 손에, 그리고 내 팔에 매달렸다.

—상도르, 상도르.

내가 물었다.

—왜 그렇게 오랫동안 병원에 있었어?

그녀가 내 귀에 대고 속삭이는 소리를 나는 가까스로 이해할 수 있었다.

—유산했어, 상도르.

나는 아무 말도 하지 않았다. 뭐라고 해야 할지 몰랐다. 나는 좋아해야 할지 슬퍼해야 할지 몰랐다. 나는 린을 바싹 끌어안았다. 그녀가 말했다.

　—너 때문이야. 이게 다 너 때문이라구. 콜로만은 그 아이가 네 아이라고 생각하고 있어. 우린 그런 일이 없었는데도 말이야.

　—말도 안 돼, 린. 넌 아이를 지우고 싶지 않았어?

　—상도르, 넌 우리가 왜 아이를 지워야 했는지 잘 모를 거야. 그 아이는 어쩌면 사내아이였을 거야. 콜로만은 나에게 아이를 지우라고 강요했어. 이제 나는 내 남편을 사랑하지 않아, 상도르, 난 그를 미워해. 증오하고 있어. 더구나 그에겐 애인이 있는 게 틀림없어. 그는 점점 더 늦게 들어와. 우리는 고국으로 돌아가자마자 이혼하기로 했어.

　내가 말했다.

　—그러면 콜로만 혼자 돌아가게 내버려두고 너는 나와 함께 이곳에 남아. 딸과 함께 오늘 저녁부터 당장 우리집에 와서 살아도 돼. 준비는 다 되어 있어, 아이 방도, 우리 방도. 필요한 것은 뭐든지 다 있어, 아이 장난감까지도.

　—네 집에 아이 방까지 있다고?

　—그래, 린. 나는 아주 오래전부터 널 기다려왔어. 나중에 내가 아들도 하나 낳게 해줄게, 린. 네가 원하는 만큼 아이도 갖게 해줄게.

　—그러면 우리가 일하는 동안 아이를 탁아소에 맡겨야 해.

—그게 뭐 어때? 아이들은 탁아소에서 행복할 거야. 장난감도 있고, 또래들도 많이 있고.

—하지만 친척이 없잖아. 여기에는 친척이 하나도 없어. 할머니도 할아버지도 삼촌도 이모도 사촌도 아무도 없다구.

—그건 그래. 하지만 모든 것을 다 가질 수는 없어. 고국을 떠났으면 그런 일에는 적응을 해야지. 그리고 네가 나를 사랑한다면, 그 정도는 수용할 수 있을 거야.

—널 사랑해, 상도르. 하지만 이곳에 남을 만큼은 아니야.

—내가 고국으로 돌아가면, 나와 결혼하겠어?

—아니, 못 해, 미안해, 상도르. 그럴 수는 없을 거야. 내가 어떻게 너를 우리 부모님께 소개하겠어? 여기 에스테르의 아들 토비아스가 내 남편입니다라고 할까?

—거짓말을 해. 그들은 나를 알아보지 못할 거야.

—거짓말을? 평생 동안? 나의 부모에게? 그리고 우리 아이들에게? 그리고 모든 사람에게? 넌 어떻게 나에게 그런 제안을 할 수 있니?

나는 혼자 집에 있었다. 아이 방을, 장난감을, 그리고 린에게 주려고 산 실크 실내복을 바라보았다.

할 일이 아무것도 없었다. 나는 무엇이든 해보려고 시도했다.

무력감이 감정 중에 제일 무서운 것이다. 나는 아무 생각 없이 아무런 욕망도 없이, 그저 맥주를 마시고 또 마시고 담배를 계속 피워대는 것밖에 할 수가 없었다.

모든 것은 끝났다. 린은 내 집에 결코 오지 않을 것이다. 머지 않아, 그녀는 사랑하지도 않는 남자와 이곳을 떠날 것이다. 나는 그녀가 불행할 것이며 나 이외의 다른 남자를 결코 사랑하지 않을 것이라고 생각했다.

한참 뒤, 나는 뭘 좀 먹으려고 부엌으로 갔다. 냉장고에서 베이컨을 한 덩어리 꺼냈다. 그리고 그것을 작게 썰기 위해 도마와 칼도 꺼냈다.

나는 두 조각째 자르다가 멈췄다. 손에 칼을 단단히 쥐었다. 나는 그것을 잘 닦아서 웃옷 안주머니에 넣고, 일어선 뒤 집을 나와 자전거에 올라탔다.

미친 듯이 페달을 밟았다. 나는 이미 제정신이 아니었다. 아무런 해결책이 못 되지만 그렇게 할 수밖에 없다고 생각했다. 무언가 하지 않을 수 없었다. 나는 이제 잃을 것이 아무것도 없었고, 콜로만은 죽어 마땅했다.

그는 아내가 가진 아기의 아버지이면서도 아기를 지우도록 강요했으니 벌을 받아 마땅하다. 차라리 그 아이가 내 아이였으면 좋았을 것이다. 그러나 그것은 사실이 아니었다.

저녁 여덟시에, 나는 린의 집 앞에 도착했다. 앞쪽 방에는 불이 들어오지 않았다. 린은 부엌에 있거나 뒷방에 비올레트와 함께 있는 것 같았다.

거리는 텅 비어 있었다. 행인은 한 사람도 보이지 않았다. 나는 층계참에 앉아서 기다렸다.

콜로만은 열한시경에 마지막 버스를 타고 왔다. 나는 그의 집 문 앞에서 그를 가로막았다.

—무슨 일이오, 상도르?

—당신은 린에게 한 짓에 대해 벌을 받아야 해. 그 아이는 당신의 아이였어, 콜로만, 내 아이가 아니란 말이야.

그가 나를 밀치려 했다.

—더러운 자식, 썩 꺼져버려!

나는 웃저고리에서 칼을 빼들고 그의 복부를 찔렀다. 나는 칼을 다시 빼지 않았다. 콜로만은 찔린 부분을 움켜쥐고 쓰러졌다. 나는 쓰러진 그를 내버려두고 자전거에 올라탔다. 귓전에 들려오는 날카로운 울부짖음을 뒤로하고, 나는 도망쳤다.

침대에 누워서 경찰이 오기를 기다렸다. 출입문도 열어두었다. 그런 채로 밤을 새웠다. 잠이 오지 않았다. 그렇지만 두렵지도 않았다. 감옥이나 공장이나 내게는 그게 그거였다. 적어도 린은 그 더러운 녀석에게서 해방될 것이다.

아침까지도 경찰은 오지 않았다. 아홉시경에 린이 왔다. 그녀가 내 집에 온 것은 그때가 처음이었다. 그녀는 내 집의 하나뿐인 의자에 앉아 있었다.

내가 물었다.

—죽었어?

—아니. 병원에 있어. 며칠 있다가 그가 퇴원하면 우리는 곧바로 떠나. 비명 소리를 듣고 이웃사람들이 달려나왔고, 구급차를 불렀어. 상처는 깊지 않대.

나는 아무 말도 하지 않았다. 나는 누군가를 확실하게 죽일 능력조차 없다는 생각을 했다.

그녀가 다시 말했다.

—콜로만은 너를 고소하지는 않았어. 단, 이혼하고 아이는 그가 데려가겠다는 조건으로. 나는 서류에 사인해야 해. 그는 낯모르는 사람에게 습격당했다고 신고했어.

—사인하지 마, 린. 나는 감옥에 가도 상관없어.

—너를 감옥에 가게 할 수 없어. 널 사랑해, 상도르. 네가 나를 사랑하는 것보다 더. 네가 정말로 나를 사랑한다면, 여기서 멀리 떠나줘, 내가 너를 잊을 수 있도록.

—난 못 해, 린. 죽어도 너를 잊지 못해.

—넌 다른 여자를 만나게 될 거야.

—아무도 네가 될 수는 없어, 내가 기다리던 린은 바로 너야.

—내 이름은 카롤린이야. 린은 네가 만들어낸 여자야. 네 부인이 될 여자는 누구나 린이 될 수 있어.

—아니야, 너뿐이야. 너는 이제 모든 걸 잃었어. 여기에 나하고 남아야 해.

—여전하군. 넌 미쳤어, 상도르. 너는 나에게 불행을 가져다줄 뿐이야. 너는 내 인생을 다 망쳐놓았어. 나는 너 때문에 두 아이를 다 잃었어. 이제 너를 만나고 싶지 않아. 내 딸과 같은 나라에서 살고 싶어. 안녕, 상도르.

그녀는 자리에서 일어나 밖으로 나갔다. 그리고 문이 닫혔다.

나는 내가 그녀의 오빠라는 사실을 그녀에게 말하지 않았다.

내가 우리의 아버지를 죽이려 했었다는 사실도 말하지 않았다.

내 인생에 대해 말하자면 이 한 마디로 요약될 수 있다. 린이 왔다가 다시 떠났다라고.

나는 마음속으로 그녀에게 이렇게 말했다.

—어린 시절부터, 너는 못생기고 성격도 고약했지. 내가 너를 사랑한다고 믿었던 것은 착각이었어. 아! 그건 정말 착각이었어, 린, 나는 너를 사랑하지 않아. 너도, 아무도, 아무것도, 인생도.

항해자들

비가 곧 올 것 같은 하늘이다. 어쩌면 내가 우는 동안 벌써 비가 내리고 있었는지도 모르겠다.

아마도. 내 손바닥 위에서, 공기는 색채를 띠고 나타났다. 검은 구름 곁에서 푸르름이 투명하다.

해가 여전히 저기, 왼쪽에 남아 있지만, 곧 질 것 같다. 가로등들은 도로변에 굳게 뿌리를 내리고 서 있다.

어둠 속에서, 상처 입은 새 한 마리가 균형을 잃고 비스듬히 날아오르다가 결국은 내 발치에 떨어졌다.

"나는 너무 크고 무거워. 그래서 사람들은 내 그림자가 그들을 뒤덮게 될까봐 두려워했어. 나 역시 폭탄이 떨어질 때는 무서웠지. 나는 아주 멀리 날아갔다가, 위험이 사라진 뒤 다시 돌아와서 오랫동안 시체들 위를 날아다녔어.

나는 죽음을 사랑했어. 죽음과 같이 놀기를 좋아했어. 어두운 산꼭대기에 앉아 있다가 날개를 접고 조약돌처럼 추락했어.

그러나 나는 결코 끝까지 가지 못했어.

나는 또 무서움증에 사로잡혔어. 나는 타인의 죽음만을 좋아했던 거야.

나 자신의 죽음에 대해서는 나중에, 아주 한참 뒤에야 사랑할 수 있게 되었어."

나는 그 새를 품에 안고 쓰다듬어주었다. 새의 자유로운 날개는 부러져 있었다.

새는 말했다.

"모욕당한 친구들은 더이상 돌아오지 않아. 도시로 가. 거기에는 아직 빛이 남아 있거든. 빛은 너의 얼굴을 창백하게 만들겠지. 그것은 죽음을 닮은 빛이야. 그곳 사람들은 사랑을 모르기 때문에 행복해. 그곳으로 가. 그들은 자신만으로 충분하기 때문에 상대방을 필요로 하지 않아. 그들에게는 신조차 필요없어. 저녁이면 그들은 문을 이중으로 걸어잠그고 인생이 흘러가기를 초

조하게 기다리지."

상처 입은 새에게 나는 말했다.

─그래, 나도 알아. 나는 한 도시에서 아주 오랜 세월을 보냈어. 나는 그곳 사람들을 하나도 알지 못해. 그러니까 내가 어디에 있느냐는 중요하지 않아. 아무도 사랑하지 않았더라면 나는 자유롭고 행복할 수 있었을 거야.

나는 검은 호숫가에 멈췄어. 어떤 그림자가 지나가면서, 나를 뚫어지게 바라보았어. 그것은 내가 계속 반복해서 외우던 어떤 시였을까, 아니면 음악이었을까? 나는 더이상 생각나지 않았어. 아무리 기억해내려 해도 소용이 없었어. 나는 두려웠어. 달려서 도망쳤지.

내게 친구가 하나 있었어. 그는 칠 년 전에 자살했어. 그해 여름이 끝나갈 무렵의 찌는 듯한 더위가 계속되던 날들을 잊을 수가 없어. 절망적으로 비가 내리던 숲도 잊을 수 없고.

상처입은 새는 말했다.

"나는 신기한 들판을 알고 있어. 네가 거기에 갈 수만 있다면, 너는 사랑을 잊을 수 있을 거야. 거기에는 꽃이 없고, 풀들은 깃발처럼 떠다니고, 이런 행복의 들판은 끝없이 펼쳐져 있지. 너는 아마도 '쉬고 싶구나, 이 평화의 땅에서'라는 말밖에 할말이 없을 거야."

─그래, 알았어. 하지만 그림자가 지나갈 거야. 그리고 그림이, 시가, 공기가.

새가 말했다.

"그러니까, 산으로 가. 그리고 나를 죽게 내버려둬. 나는 네 슬픔을 더는 참을 수가 없어. 잿빛 폭포의 슬픔, 진창길을 따라 걸어가는 새벽의 슬픔."

산 위에 음악가들이 모였다. 오케스트라 단장은 검은 날개를 접었고, 다른 사람들은 연주를 시작했다.

그들의 배는 음악의 파도를 타고 항해했고, 현악기들의 현은 바람에 나부꼈다.

가장 욕심 많은 손가락들은 숲속에 침몰했다. 다른 네 사람은 옷을 벗고, 무릎을 꿇었다. 까만 거미들이 동맥 위에서 춤을 추었다.

계곡에서 태양이 울려퍼졌고, 초라한 잿빛 집들이 초원의 풀들을 뜯어먹고 있었다. 가장 뛰어난 음악가인 몽상가는 밀밭을 산책하다가 언덕 위에서 무릎을 꿇었다. 모든 사람 중 가장 행복했던 사람이 뱃전에서 노래부르고 있었다.

다른 사람들은 무력해진 태양의 목발을 보지 못했다. 그림은 하늘색으로 꽉 찼다. 내 눈에서 별들이 빛나기 시작했다.

배에 탄 사람들은 지상에 마지막 시선을 던지면서, 그들의 어깨에 죽음을 짊어졌다.

카롤린이 떠나고 이 년이 지난 뒤, 내 딸 린이 태어났다. 일 년 뒤, 내 아들 토비아스도 태어났다.

우리는 아침마다 아이들을 탁아소에 맡겼다가 저녁이면 데려 온다.

내 아내 욜란드는 아주 모범적인 엄마다.

나는 여전히 시계공장에서 일한다.

첫번째 마을에서는 버스를 타는 사람이 아무도 없다.

나는 이제 더이상 글을 쓰지 않는다.

옮긴이의 말

아고타 크리스토프의 네번째 소설 『어제』는 이백자 원고지로 사백 매 정도밖에 안 되는 짧은 소설이다. 그런데 1995년 9월 이 소설이 발표되자, 프랑스의 신문 잡지들은 일제히 『어제』에 관한 짧지 않은 서평과 작가론과 인터뷰 기사를 실었다. 역자가 읽은 것만 열 편이니, '일제히'라는 표현을 써도 괜찮을 듯싶다.

이 작가가 왜 그렇게 프랑스 언론의 관심을 끄는 것일까? 헝가리 출신이며 스위스로 망명하여 프랑스어로 글을 쓰는 여성작가라는 외형상의 특징과 더불어 소설의 주제와 문체의 특이성 때문이리라. 그녀는 전쟁으로 왜곡된 인생들, 망명자들의 가혹한 삶을 짧고 메마르고 가차없는 문장으로 적나라하게 때로는 우회적으로 묘사한다.

『어제』의 주인공 토비아스 호르바츠는 창녀-거지인 에스테르와 마을 초등학교 선생이며 이미 가정을 가지고 있는 상도르 사이에서 태어난 사생아다. 그는 열두 살 때 자신의 부모를 죽일 생각으로 포개져 있는 두 사람을 한꺼번에 칼로 찌르고 도망쳐서 국경을 넘었다. 그는 이름을 바꾸고 전쟁고아 행세를 하며 고아원에서 지냈고, 성인이 되어서는 망명자 수용소를 드나들고, 고향 마을의 어릴 적 여자친구이자 이복동생인 린을 구원의 여인처럼 기다리며, 틈틈이 글을 쓰는 작가 지망생이자 공장노동자가 된다.

어디선가 들었거나 아니면 읽은 얘기인데, 고대 이집트에서 이상적인 결혼은 형제자매 사이의 결혼이라고 했다. 나도 그렇게 생각한다. 물론 린은 반쪽 동생이긴 하지만, 내게는 다른 여동생이 없지 않은가.(83쪽)

린이 그의 앞에 나타나는 것이 거의 불가능하기에 그 꿈은 더 간절하고 아름다워 보였던 것일까. 꿈에 그리던 린이 그의 눈앞에 실제로 나타나면서부터 그의 진짜 비극은 시작된다. 린은 이미 결혼해서 아이가 있는 부인이 되었지만 토비아스에게는 어린 시절의 여자친구 린일 뿐이다. 그는 린을 불행하게 만드는 린의 남편 콜로만을 죽이려고 칼로 찌른다. 그러나 이번에도 살인에 실패한다. 감히 누구를 죽이지도 못하고, 자살도 못 하는 그가 택하는 다른 형태의 자살은 바로 꿈을 버리고 현실에 안주하는 것이리라. 린은 두 남자 사이에서 갈등하던 끝에 모두를 버리고 고향으로 돌아가고, 토비아스는 꿈을 죽이고 현실을 받아들인다.

역자는 『라 비 *La Vie*』지의 기사에서 재미있는 표현을 발견했다. 그 기사는 아고타 크리스토프의 앞서의 세 편의 소설이 "22개 국어로 번역되었다"는 말 끝에 "한국어로까지도. 그리고 현재 러시아어로도 번역중이다"라고 덧붙였다. 왜 하필이면 그 많은 나라의 번역서 중 한국어 번역이 기자의 눈길을 끌었는지 그 이유가 무척 궁금하다. 한국과 북한을 혼동한 것은 아닌지…… 아무튼 아고타 크리스토프의 앞서의 세 권의 소설에 이어 네번째 소설까지 역자가 소개하게 된 것이 무척 기쁘다.

용경식

옮긴이 **용경식**

1956년 서울에서 태어나 서울대 불문과를 졸업했다. 동대학원에서 석사과정을 마치고 박사과정을 수료했다. 1986년 『동서문학』 제정 제1회 번역문학상을 수상했으며, 현재 전문번역가로 활동중이다. 옮긴 책으로 『칼릴 지브란』 『존재의 세 가지 거짓말 : 비밀 노트, 타인의 증거, 50년간의 고독』(전3권) 『아무튼』 『자기 앞의 생』 등이 있다.

문학동네 세계문학
어제

1판 1쇄 1998년 4월 10일
2판 1쇄 2007년 8월 16일 | 2판 5쇄 2024년 8월 19일

지은이 아고타 크리스토프 | 옮긴이 용경식
책임편집 장선정 김지연 | 디자인 박진범 이원경 | 저작권 박지영 형소진 최은진 오서영
마케팅 정민호 서지화 한민아 이민경 안남영 왕지경 정경주 김수인 김혜원 김하연 김예진
브랜딩 함유지 함근아 박민재 김희숙 이송이 박다솔 조다현 정승민 배진성
제작 강신은 김동욱 이순호 | 제작처 상지사

펴낸곳 (주)문학동네 | 펴낸이 김소영
출판등록 1993년 10월 22일 제2003-000045호
주소 10881 경기도 파주시 회동길 210
전자우편 editor@munhak.com | 대표전화 031) 955-8888 | 팩스 031) 955-8855
문의전화 031) 955-1927(마케팅) 031) 955-2646(편집)
문학동네카페 http://cafe.naver.com/mhdn
인스타그램 @munhakdongne | 트위터 @munhakdongne
북클럽문학동네 http://bookclubmunhak.com

ISBN 978-89-546-0358-4 03860

www.munhak.com